제31회 오늘의 작가상 수상작

걸프렌즈
Girl Friends

제31회 오늘의 작가상 수상작

걸 프렌즈
Girl Friends

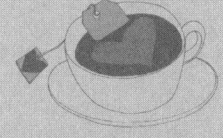

이 홍 장편소설

민음사

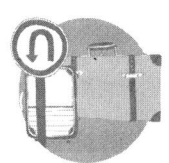

차례

1 피겨스케이팅 ········7

2 별 다방 vs 콩 다방 ········19

3 주차장에서 할 수 없는 일들 ········33

4 연애를 망치는 네 가지 ········51

5 독수리는 어디로 날아갈까 ········75

6 빨간 트렁크 ········98

7 유턴하기 좋은 나이 ········127

8 자매의 탄생 ········145

9 목걸이 클럽 ········175

10 크리스피크림에 중독되다 ········195

11 걸프렌즈 프로젝트 ········211

12 새벽 빛깔을 만나다 ········241

13 반지 전쟁 ········255

14 그리고, 남산 타워 ········289

작가의 말 ········303

1
피겨스케이팅

그의 혀끝은 피겨스케이팅 선수 같다.

예브게니 플루셴코!
러시아 출생의 세계적인 은반 스타 예브게니 플루셴코. 몇 년 전, 금발을 휘날리며 은반 위를 장악하는 예브게니 플루셴코의 피겨스케이팅 경기를 보았다. 환상적이었다.
그의 혀끝에는 예브게니 플루셴코의 탄력 넘치는 근육이 붙어 있다. 혀끝의 움직임은 완력과 테크닉이 절묘하게 어울린다. 강열한 틈입과 부드러운 터치의 완벽한 조화 속에서 끝까지 냉철함을 잃지 않는다. 유연하게 미끄러지다가 감미로운 스핀! 드라마틱한 피겨스케이팅.

예브게니 플루셴코의 경기를 본 여자들은 탄성을 지른다. 와우! 그의 혀끝에 새침 한 번 떼지 않고 내 혀가 덩달아 스핀을 한다. 몸의 감각들이 예민하게 들썩거린다. 허벅지에 똘똘 뭉쳐 있던 긴장감이 순식간에 허물어진다. 테이블 아래로 몰래, 바짝 붙어 있던 허벅지가 한 뼘쯤 벌어진다.

과거의 어쭙잖은 혀 놀림을 가진 남자들 때문에, 나는 이제야 대담해진다. 그게 나쁘다는 것은 아니다. 그들의 실력을 야유하는 것도 아니다. 다만, 그들에게서 이런 신선한 감정을 느끼지 못했다는 것이다.

이를테면 10대 후반에 만났던 또래 L 모 군의 혀 놀림은 양궁 같았다. 잔뜩 긴장하다가 단박에 싹 들어와 버리는, 언제 혀가 내 입 안에 꽂혔는지 어안이 벙벙할 정도의 급습이었다. 20대 초반에 만났던 K 모 씨는 한술 더 떴다. 그의 혀끝은 씨름 경기를 방불케 했다. 내 입술을 샅바마냥 붙잡고 끙끙대다가 엎어치기! 거기서 조금 발전했다 싶은 게 고작 돌려 메치기 정도였다고나 할까? 그런 키스를 하고 나면 모래판에 엎어진 선수처럼 입속이 텁텁했다. 그리고 한두 번에 끝난 경험은 생략하겠다. 언급할 가치가 없으니까. 이전에 만났던 또 다른 L 모 씨는 별로 기억하고 싶지 않다. 아니다. 까짓것 기왕에 다 얘기해 보자면 그래, 마라톤이었다. 혀 놀림뿐만 아니라 모든 게 그랬다. 실력이 없으면 장기전이나 뛰지 말 것이지. 그의 혀끝과 만나면 내 입술은 매일같이 부르텄고 강약 없는 기나긴 고행에 진이 다 빠졌다. 뭐 이해할 만은 했다. 그의 좌우명이 '열 번 찍어 안 넘어가는 나무 없다.'였으니까.

배꼽 아래로 전해지는 몽롱함이 채 가시기도 전에 입술께 서늘한 기운이 스친다. 나는 입술을 벌린 채 눈을 뜬다. 아뿔싸, 그는 이미 입술을 뗀 상태다. 나는 부리나케 입술을 다문다. 괜히 휴대폰을 들고 액정을 들여다본다. 숫자 따위가 눈에 들어올 리 없지. 사실 몇 시인지 확인도 안 했다.

너무 늦었어요.

서둘러 가방을 들고 먼저 바를 빠져나온다. 엘리베이터에 탔는데 계산을 하지 않고 나왔다는 사실이 퍼뜩 떠오른다. 하지만 다시 들어가기도 겸연쩍은 일. 종종걸음으로 도로 쪽으로 가서 택시를 잡는다.

한 시간 전.

그와 나는 원목 테이블을 가운데 두고 앉아 있었다. 테이블 위에는 코로나 두 병이 놓여 있었다. 맥주병에 쏙 들어가 있는 레몬 주위로 기포가 뽀글뽀글 올라왔다. 나는 턱관절이 약간 뻐근할 정도로 웃고 있었다. 나는 술을 먹으면 지나칠 정도로 유쾌한 사람이 된다. 명랑 소녀나, 호쾌한 중년 아저씨쯤으로 홱 돌변한다. 알코올이 목울대를 타고 싸르륵 스며들면, 주책없게 웃음이 잦아진다. 레몬 주위로 생기는 기포처럼 무성해진다. 명랑 소녀로 보였을지 중년 아저씨로 보였을지 모르지만 아무튼 전작까지 있던 판이었다. 이따금씩 대수롭지 않은 말에도 큰 소리로 깔깔대기 바빴다.

남자 친구 생기면 가 보고 싶은 데 있어요?

테이블 위에 놓인 강냉이를 먹지는 않고 손끝으로 툭툭 건드리던 그가 무성의하게 물어 왔다. 순간 머릿속이 벙벙했다. 가 보고 싶은 곳이라, 생각하면 많을 것도 같은데 마땅하게 떠오르는 곳이 없었다. 그의 등 뒤에, 바의 유리창 밖으로 펼쳐진 야경을 바라보았다. 야경 속, 멀찍이 남산 타워가 케이크 상자 옆에 붙은 폭죽처럼 작게 붙어 있었다.

남산 타워요.

네? 남산 타워요?

그가 코로나를 한 모금 들이켜다 말았다. 얼굴로 드러나야 할 미소를 어금니 사이에 조심스레 물고 있었다. 입꼬리가 경미하게 꿈틀거리는 게 포착됐다.

왜요?

그가 의아하게 물었다. 나는 코로나를 한 모금 들이켜며 시간을 벌었다. 왜냐고? 말문이 막혔다. 그의 등 뒤에 보이는 남산 타워를 보고 즉흥적으로 둘러댄 거짓말이었다. 딱히 이유가 없었다.

남산 타워에 가 보지 못했거든요. 내 마음을 모두 나눌 수 있는 사람이 생기면 함께 가 보려고 아껴 뒀어요.

이유야 만들기 나름. 삶의 이유들은, 거짓말을 내뱉은 후에야 더 명확해지곤 한다. 그리고 세상의 모든 거짓말은 날개를 품고 있다.

하하.

그가 웃었다. 속을 다 드러낸 웃음이었다. 그리고 다시금 물었다.

왜 꼭 남산 타워예요?

그냥 거기까지 누군가와 손을 잡고 걸어 보면 좋을 것 같아서요.

마음에도 없던 이유들이 술술 쏟아져 나왔다. 그가 말을 잇지 않고 부드러운 눈웃음을 지어 보였다. 지극히 평이하고 수수한 소망에 동요된 눈빛. 찰칵. 카메라가 있었다면 한 방 찍어서 남기고 싶을 만큼 순박한 눈웃음. 내가 아직까지 남산 타워에 가 보지 못한 것만큼은 사실이었다. 그의 미소를 보자 나는 정말로 남산 타워에 가 보고 싶어졌다.

잠시 후 띄엄띄엄 그가 내 입속으로 테이블 위에 놓인 강냉이를 넣어 주었다. 발가락들이 일제히 오그라들었다. 양 허벅지를 딱 붙여 자세를 반듯이 고쳐 앉았다. 그러나 테이블 위로 보이는 내 얼굴은 여전히 웃고 있을 뿐 아니라, 둥지 안의 어린 새처럼 강냉이를 넙죽넙죽 받아먹기까지 했다.

마주 앉은 남자가 내 입속에 강냉이를 넣어 주고 있다면?

그건 애정의 표현이자 친밀감의 과시라고 볼 수 있다. 강냉이는 안주가 나오기 전에 무료함을 달래 주는 서비스 안주에 불과하다. 약간 찌그러지고 못생긴 강냉이가 티라미수 케이크보다 더 달콤하고 부드러운 강냉이로 둔갑하여 뱃속으로 꼬르륵 굴러들었다. 차츰차츰 강냉이는 미묘한 빛깔로 싹을 틔우고 있었다.

마냥 좋았을까. 아니다. 그는 직장 동료였다. 그리고 지금껏 연인이 될 조짐조차 보이지 않았던 사람이다. 직장 동료로 알고 지낸 지 몇 년 됐지만 밥 한 끼 따로 먹은 적 없거니와 그 흔한 안부 문자 따위도 품앗이한 적 없는 사이다. 특별한 호의를 받은 적도, 나를 힐긋거리는 눈길도 받아 본 적 없다.

둘이서 바에 들어온 이유도 눈빛이 찌릿찌릿 오가서가 아니라 다들 헤어지는 순간, 그와 나만이 술이 모자란 기운을 느꼈기 때문이다. 에이, 술이 좀 모자라네, 라고 허공에 대고 혼잣말을 내뱉었을 때, 그래요? 저도 그런데, 라고 그가 어깨를 으쓱했을 뿐이다.

그가 의자에서 엉덩이를 떼어 내 앞으로 허리를 숙이며 다가왔다. 우리가 앉아 있는 바에는 여러 테이블의 손님들이 있었고, 그들의 시선을 무시할 수 없었다. 알알한 술기운이 퍼졌다. 설마, 이런 곳에서? 하는 찰나, 그의 혀끝이 입술 사이를 비집고 나와 닫혀 있는 내 입술을 살포시 핥았다.

예상치 못한 기습적인 키스. 전에 없던 예외적인 경우였다. 이런 일이 벌어지면 속수무책으로 당황할 줄 알았다. 불쾌함이 머리끝까지 치솟아 어퍼컷이라도 날릴 줄 알았다. 그런데 묘하게도 그렇지 않았다. 오래 묵힌 신경들이 알을 까고 툭툭 터져 나오는 쾌감이 솟구쳤다. 나는 주저하지도 않고 입술을 벌렸다. 그러고는 그의 입술에서 미끄러져 나온 촉촉한 혀끝을 날름 받았다.

얼마쯤 시간이 흘렀을까. 아득한 어둠 속에 한 줄기 조명이 쏟아졌다.

그의 혀끝에서 나는 피겨스케이팅을 하고 있었다.

옆 자리에 앉은 수경 씨가 투덜거린다. 퇴근 시간까지 기획안을 다 작성하지 못하면 가차 없이 야근이란다. 수경 씨의 도넛 머리가 풀릴 듯 말 듯 간당간당하게 매달려 있다. 쯧쯧, 연애를 시작한 지 두 달 정도 됐다고 했지. 되도록 퇴근 시간 전까지 끝마치려고 사력을 다할 것이다.

혹시 나한테 전화 온 거 없어?

내가 기획안에 매달려 있는 수경 씨에게 묻는다.

수경 씨는 고개도 돌리지 않은 채 모니터에 시선을 붙박고 모르겠는데, 단마디로 대답한다. 새로 부임한 본부장이 금빛 안경테를 추켜올리며 사무실로 들어온다. 나는 재빨리 허리를 곧추세우며 어깨를 움츠리고 모니터를 본다. 3분기 기획안 파일을 열기 위해 마우스를 잡는다.

상품개발팀 유 대리요!

나는 목소리가 터진 곳을 향해 자동적으로 고개를 돌린다. 상품개발팀 유 대리라면, 어제 나와 키스를 한 남자다. 내가 '나요?' 하는 표시로 손가락을 가슴에 올린다. 커다란 플라스틱 통에서 튕겨 오르는 수많은 로또 볼처럼 심장이 콩콩콩 날뛴다. 그러나 그의 전화는 수경 씨에게 곧바로 연결된다. 노심초사 수경 씨의 수화기를 응시한다. 수경 씨가 전화선을 손가락으로 비비 꼰다.

네, 윤수경입니다. 네, 네, 네, 네.

비음 섞인 목소리. 수경 씨는 '네'와 '네'의 음절만 바꿀 뿐 끊임없이 '네'라고만 말한다. 나는 답답한 나머지 입술을 잘근잘근 씹는다. 여전히 수화기를 든 채 무심코 내 쪽으로 고개를 돌린 수경 씨의 시선을 피한다. 손에 쥐고 있던 마우스를 잡고 클릭.

어제 바에서 있었던 순간이, 꼬맹이 때 시골에 놀러 갔다가 우연히 본 별 무리보다 더 아스라하게 느껴질 뿐이다. 휴대폰 폴더를 올렸다 내리길 수차례. 별다른 기별이 없다. 잘 들어갔냐는 인사치레도 없다. 사내 메일에는 그가 올릴 만한 흔한 업무 보고 따위도 올라와 있지 않다. 오늘은 사내 메신저도 유독 조용한 편이다. 아무래도 어제의 사건은 직장 동료로서 피차 불편한 사건으로 남을 것 같은 예감이 스친다.

이런 사이가 이렇게 불편할 줄 알았다면 '사내 커플은 지옥행이야!'라는 선험자의 충고에 더 귀를 기울였을 것이다. 술기운이 모자라서? 차라리 친구인 현주를 불러내거나 맥주 서너 병 사 들고 가서 엄마를 조르는 편이 나았다. 그보단 혼자 침대에 널브러져, 맥주 캔을 따는 게 좋았겠다.

그와의 키스는 완벽하리만치 좋았다. 아침에 술이 깨었을 때도 키스의 어리어리한 여운이 남아 있을 정도였다. 다시 한번 그와 키스할 기회가 주어진다면? 망설이지 않고 해 볼 용의가 있다. 하지만 그가 내 연인이 된다? 그것만큼은 썩 내키진 않는다. 내 비록 서른을 코앞에 두었지만 나를 도매금으로 어물쩍 아무에게나 떠넘기긴 싫다. 나는 기획안 파일을 열고, 평소처럼 타닥타닥 키보드를 친다. 키보드를 치다 보니 들쑥날쑥하던 감정이 차츰 가라앉는다. 베이지 색 매니큐어를 바른 손톱 끝이 비루하게 벗겨져 있다. 커서와 눈꺼풀이 교차로 깜빡인다.

점심에 먹었던 순두부찌개에 마늘이 담뿍 들어간 게 틀림없다. 속에서부터 마늘 노린내가 풀풀 올라온다. 서랍 속에 있는 칫솔을 꺼내 들고 화장실로 걸어간다. 지금 회사 분위기와 걸맞게 복도는 싸늘한 적막이 감돈다. 남자 화장실에서 회색 양복을 입은 그가 나오는 게 보인다. 어제와 같은 색깔의 양복이다. 넥타이도 어제 맸던 자주색 넥타이 그대로다. 와이셔츠는 갈아입었을지 모를 일이다. 나는 옷매무새를 가다듬을까 하다가 그를 의식하는 게 표가 날 것 같아서 관둔다. 구둣발 소리를 침착하게 내며 걷는다. 그가 걸어오면서 입가에 찰랑찰랑 미소를 머금는다. '어제 잘 들어갔어요?'와 '업무 보고 아직 안 올라왔던데요.'를 놓고 갈팡질팡하는 사이 그가 내 옆을 쓱 지나간다. 직장 동료들끼리 나누는 가벼운 목례만 하고. 피겨스케이팅 선수는 저렇게 깔끔한 표정으로 시치미를 뗀다.

하긴 여긴 프로의 세계이고 그는 선수니까!

2
별 다방 vs 콩 다방

현주가 커피빈 안에서 크게 손을 흔든다. 제법 흥분한 기색이다.

우리 동네에도 드디어 '콩 다방'이 생겼어!

내가 자리에 앉자마자 현주는 뭐 대단한 일이라도 생긴 것처럼 호들갑을 떤다. 사실 커피빈이 생기기 전에 스타벅스가 먼저 입점했을 때도 현주는 지금과 같이 들떠 있었다. 매일 저녁 '별 다방'에 앉아서 카페라테를 마시며 노트북에 일기를 쓰는 것으로 하루를 마무리하고 싶다느니, 우리의 아지트라느니 하면서 말이다. 우리의 아지트는 현대식 연애와 닮은꼴이다. 사실 말이 나왔으니까 하는 말인데 아지트는 너무 자주 바뀐다. 그러므로 나는 이제 아지트라는 말에 쉬 동요하거나 들뜨지 않는다.

 동네에 맥도날드가 처음 생겼을 때는 나도 현주처럼 호들갑을 떨었다. 현주와 내가 중학교 1학년 때다. 현주와 나는 하루가 멀다 하고 맥도날드에 도장을 찍었다. 배가 고플 땐 햄버거를 먹었고, 용돈이 궁할 땐 음료수만 마셨고, 여름엔 빙수 한 그릇을 놓고 아작아작 나누어 먹었다. 현주와 나는 그곳에서 하루 일과를 재생하면서 수다를 떨었다.

 우리의 입속으로 들어가는 햄버거가 훗날 쓸모라곤 도무지 없는 지방 덩어리로 축적되어 평생을 따라다닐 거라는 우려나 쪽쪽 빨아들이는 달콤한 콜라가 백해무익한 거라는 생각은 하지도 않았다.

 1년 반쯤 지나서 근처에 버거킹이 입점했다. 현주와 나는 버거킹에 대해서 결코 호의를 가질 수 없었다. 우리, 맥도날드를 배신하지 말자! 마치 그것은 사랑을 배신하는 행위 같았으며 꼭 하지 말아야 할 덕목이었다. 무수한 수다와 시시한 사건들로 점철되었던 중학생 여자 애들의 1년 반을 맥도날드가 공유해 주었다고 굳게 믿고 있었던 것이다. 맥도날드와의 만남. 그것을 버리는 것은 정말이지 배신이었다.

 몇 주가 지나 경각심이 느슨해졌을 때였다. 누가 먼저 마음이 흔들려서 그런 제안을 했는지는 기억나지 않지만 현주와 나는 딱 한 번만 버거킹에 가 보자고 합의를 봤다. 지금에 와서 생각해 보면 일종의 호기심이었다. 하지만 우리는 그때 '호랑이를 잡으려면 호랑이 굴로 들어가야 한다.'라는 명분을 빌어 당당하게 버거킹으로 향했다.

버거킹에 들어섰을 때 현주와 나는 맥도날드에서 보낸 염탐꾼이라도 된 듯 부자연스러운 몸짓으로 주문대 앞에 섰다. 그런데 맥도날드와 마찬가지로 버거킹 햄버거도 우리의 입맛을 단박에 사로잡았다. 좀 더 비싸서 그렇지 육질이 맥도날드보다 업그레이드된 상태라 거부할 이유가 없었다. 크나큰 배신행위라도 되는 것처럼 떠들다가 결국 버거킹에 도장을 찍기 시작했다.

그렇다고 아예 맥도날드를 저버린 것은 아니었다. 이따금씩 옛 추억을 상기하다 가기도 했고, 버거킹 햄버거가 지겨워서 가기도 했고, 지나다가 더 가깝다는 이유로 들어가기도 했고, 버거킹이 더 멀다는 이유로 가기도 했으며, 지갑 사정 때문에 가기도 했다. 그리고 맥도날드에 손님이 없으면 미안한 마음에도 갔다. 우리는, 맥도날드와 버거킹 사이에서 방황했던 것이다.

맥도날드에 다시 간 이유는 많았다. 그러다가 맥도날드와 버거킹에 가는 횟수가 비슷해졌고, 뒤이어 KFC나 피자헛이 생겼던 터라 맥도날드, 버거킹, KFC, 피자헛을 두루 순회했다. 그리고 어느 순간에는, 약속이라도 한 듯 그곳들을 무시하기 시작했다. 그곳들이 시시해진 것이다.
그리고 나는 스물아홉이 되었다.

무슨 일 있어?
현주는 내 표정만 보고 지레짐작한다. 하지만 그 짐작은 거의 적중률 100퍼센트에 달하곤 한다. 누군가 나를 훤히 꿰뚫고 있다는 것은 여간 성가신 일이 아니다. 나는 그와의 일을 시시콜콜 털어놓으려다가 만다. 진전이 있었으면 또 모르겠다. 친한 친구라면 그 정도 일쯤에, 정상적인 절차를 어기고 키스부터 했다고 질타하진 않는다. 현주도 내게 그런 막역한 친구다. 하지만 이 나이가 되면 참패의 고배를 마신 연애담은 지루해진다. 그러므로 생략하고, 가족 이야기를 꺼낸다.
엄마 생일이어서 가족 모임이 있었거든.
쿡쿡, 아빠가 뉴 걸프렌드라도 데리고 나오신 거야?
아니, 아빠가 아니라, 이번엔 언니다.
나는 노인네처럼 시들한 한숨을 내쉰다.
현주는 우리 집 사정을 속속들이 알고 있다. 엄마와 아빠의 이혼, 아빠의 새살림, 그리고 아빠의 여자 친구와 엄마가 더러 한자리에서 만나는 일, 언니가 천하의 '태풍녀'인 것까지 모두 알고 있다. 그리고 정말 그런 우리 가족을 부러워하기도 한다.

어쩐지 웃고 있는 현주의 얼굴에 수심이 짙다. 현주가 내 표정만 보고 감정 상태를 건너짚듯 나도 그쯤은 직감적으로 알 수 있다.

왜 그래?

나는 현주의 눈치를 보며 물 한 컵을 꼴깍꼴깍 마신다. 현주가 대답을 망설인다. 무슨 말인가 하고 싶은 눈치인데, 아마도 어려운 얘기지 싶다.

너, 지금, 시간 돼?

현주가 넌지시 묻는다.

왜?

현주의 표정이 점점 어두워진다. 현주가 뜸을 들이다가 다시 입을 연다.

나랑 어디 좀 가 줄 수 있어?

어디?

묻지 말고, 가 줄 수 있냐고.

목적지는 알아야지.

네가 뭐 네비게이션이냐? 목적지를 찍어 줘야 가게?

현주의 목소리에 날이 서 있다. 현주는 웬만해서 진지해지지 않는다. 말투나 행동이 날카로워지는 일은 더더군다나 드문 일이다. 현주는 푼수 같아 보일 정도로 항상 웃고 밝은 성격이다. 부러 그러는 것이 아니라, 천성이 그런 애다.

핸들을 잡고 있는 현주의 얼굴에 비 내리는 밤처럼 음산한 기운이 스친다. 차가 목적지에 가까워질수록 차창에 끼는 성에처럼 창백해지기까지 한다.

남부순환로. 퇴근 시간을 비켜 갔는데도 도로는 심한 정체 상태다. 나는 현주가 차를 돌렸으면 하고 내심 바란다. 하지만 그런 말은 지금 현주에게 들리지 않을 것이므로 마음속에 꽁꽁 동여맨다.

너, 그런데 신림동 가는 길, 아는 거지?

내가 현주에게 묻는다. 목적지까지 가는 길을 알기나 하는지 도저히 묻지 않을 수가 없다.

나 2학년 때 사귀던 애가 S대 다녔잖아. 학교에 몇 번 가 봤어.

그러니까, 길은 아는 거지?

운전해서 가는 건 처음이지만…… 이정표 보면 되지 않겠어?

이정표라. 우리나라 이정표가 얼마나 허술한데. 마치 사랑이 식어 가는 연인의 마음처럼. 잘 나오다가 결국 중요한 지점에서 사라지고 모호해지는 게 우리나라 이정표다. 차를 가지고 다니지 않는 나도 그쯤은 알고 있다. 스무 살이 되고부터 내내 차를 끌고 다녔던 '드라이브 조' 현주가 정작 그것을 모르는 걸까.

카페 안에서 한 여자가 우리를 보고 자리에서 일어난다.

여자의 나이는 어림짐작으로 우리보다 네다섯 살 정도 많아 보인다. 여자가 자리에서 일어나 현주와 내게 인사를 한다. 어쩐지 나까지 합석하는 게 무리인 것 같다. 현주와 여자가 앉은 자리의 뒤편에 의자를 빼서 조용히 앉는다.

분위기는 30분이 넘도록 냉랭한 기운만 오간다. 안녕하세요, 라고 현주가 말하면 네, 안녕하세요, 하고 여자가 응수하다가 한참 정적이 흐른다. 오느라고 힘들었죠? 라고 여자가 물으면, 아니요, 라고 현주가 대답하곤 또다시 새까맣게 타들어 가는 정적. 카페에 손님이 없는 탓에 현주와 여자를 에워싼 정적이 내 자리까지 고스란히 넘나든다. 드잡이라도 벌어지지 않을까 조마조마해서 나는 연방 물을 들이켠다.

현주와 여자가 병맥주를 시킨다. 빈 맥주병 숫자가 하나 둘씩 늘어난다. 나는 늘어 가는 맥주병을 보며 행여 저것들이 무기로 돌변하지 않을까 점점 불안해진다. 한 시간쯤 흘렀을까.

둘 다 만나지 말 것. 땅, 땅, 땅! 내가 생각해 봐도 정말 멋진, 시원한 결론이다.

문제는 현재, 현주의 약혼자가 여자네 집에 있다는 것이다. 약혼자? 이젠 절친한 친구의 약혼자라고 부르기도 싫다. 약혼자라는 신성한 단어에 오물을 뒤집어씌운 놈이다. 그래, 차라리 놈이 낫겠다. 그러니까 놈은, 여기서 벌어지는 사태에 대해서는 예상조차 못하고 있다. 잠깐 나갔다 온다는 여자의 말만 믿고 여자를 기다리고 있을 것이다.

 현주와 여자는 여자의 집 앞으로 가서 놈을 불러낸다. 지금 놈은, 현주가 와 있다는 일촉즉발의 위기도 모른 채 태평하게 텔레비전이나 보고 있을 것이다. 여자의 집 대문 앞에서 현주와 여자는 장승처럼 무시무시한 표정을 하고서 놈을 기다리고 있다. 때문에 놈이 도망치는 건 있을 수 없는 일이다. 녹색 철제 대문이 삑, 쇳소리를 내며 열린다. 문을 열고 나오던 놈이 두 여자가 나란히 서 있는 광경에 기겁한다.

 놈은 담벼락에 쪼그리고 앉아서 담뱃갑을 꺼낸다. 현주와 여자는 나란히 서서 침묵으로 일관하며 놈을 쏘아본다. 놈은 그물에 걸린 물고기마냥 몸부림치지 않는다. 포기하고 줄담배나 뻑뻑 피워 대고 있다. 자그마치 다섯 대째. 정말 기가 막힐 노릇이겠지. 그러니 이런 일은 왜 벌이셔!

 나는 체념과 긴장과 분노가 뒤엉킨 좁은 골목 끝 전봇대 뒤에서 상황을 엿본다. 이 나이에 이런 일을 겪다니 참 어처구니가 없다. 숨을 훅훅 내쉰다. 차가운 밤공기가 스며들어 마음을 저민다.

내가 서 있는 골목 끝으로 현주가 차박차박 걸어온다. 나는 다 끝났다, 라고 안도한다. 친구에게 이런 불미스러운 일이 생긴 게 안쓰럽긴 하지만 우려했던 모진 일이 생기지 않은 것이 그저 다행일 따름이다.

현주의 손을 두 손으로 꼭 부여잡는다. 지금 내가 해 줄 수 있는 건 그것밖에 없다. 노란 가로등 아래서 현주가 두 눈을 힘주어 뜨고 간절하게 나를 바라본다.

너 잠깐만 저 언니랑 얘기하고 있어.

응?

이 무슨 뜨악한 얘긴가. 내가 저 언니, 정확히 말해, 친구의 약혼자가 양다리 걸치고 있었던 생판 처음 보는 여자와 무슨 이야기를 나눈단 말인가. 이번에는 현주가 내 손을 꼭 쥔다.

내가 마지막으로 재훈 오빠랑 얘기 좀 하고 싶다고 했어. 내 차에 가서 얘기하는 척하다가 그냥 내뺄 거야.

헉! 누군가 내 뒤에서 머리통을 세게 내리친 것 같다. 그건 누가 봐도, 협상을 위반하는 계략이다. 다른 사람도 아닌 내 친구가 그런 구차한 음모를 숨기고 있다는 게 믿기지 않는다.

그, 그럼, 나는?

나는 잡고 있던 손을 빼며 눈을 치뜬다. 엄청난 계략이든 아니든 간에 내 처지에 대해 위기를 느낀 것이다. 처음 와 본 낯선 골목은 어둡기도 하고, 간간이 들려오는 고양이 울음소리 탓에 등골이 오싹해진다.

내가 차를 몰고 어떻게든 이 골목 앞에 올게. 그러면 넌 사정없이 뛰어서 내 차에 타기만 하면 돼. 그때까지 아무것도 모르는 거야, 넌.

현주가 이토록 비장해 보였던 건 처음이다. 남자야 다시 찾으면 될 것을, 따르는 남자도 많으면서, 꼭 이렇게까지 해야 하나? 밤공기가 육중하게 어깨를 짓누른다.

나는 선택의 여지가 없다는 것을 깨닫는다. 여자가 서 있는 곳까지 걸어가는데 다리가 후들거려 주저앉고만 싶다. 놈이 나를 지나치면서 미안한 표정으로 목례를 한다. 담배 냄새가 코끝을 쑤신다. 얼마 전 놈이 사 준 초밥이 올각올각 넘어올 것만 같다. 다 저 인간 때문이다! 나는 고개를 팩 돌리고 눈길 한 번 주지 않는다.

내가 여자의 집 대문 앞으로 갔을 때, 여자가 집 안에서 캔 커피 하나를 들고 나온다. 친구를 따라서 여기까지 온 게 못내 안쓰러워 보였던 모양이다. 이런 사소한 행동거지로 미루어 보아 못된 사람은 아닌 것 같다. 차라리 쌀쌀맞게 나오면 마음이 더 편할 텐데.

이거라도 마셔요.

나는 괜찮다고 사양한다. 하지만 끝까지 손을 내밀고 있는 여자가 무안해할까 봐 마지못해 캔 커피를 건네받는다.

끽! 골목을 갈기갈기 찢어 놓는 듯한 자동차 바퀴 소리.

고개를 돌려 보니 현주의 하늘빛 SM3가 골목 끝에 서 있다. 나는 두 눈 질끈 감고 냅다 달린다. 골목은 정말 길고도 아득하다. 심장이 멈출 것 같고, 가위에 눌렸을 때처럼 발은 길에서 좀체 떨어지지 않는다.

아무튼 나는 안전하게 현주의 차에 올라탄다. 가죽 시트에 엉덩이를 밀어 넣은 나는, 골목 안에 있을 여자를 차마 볼 수가 없다. 내가 차에 몸을 싣자마자 현주의 차는 급출발해서 골목을 빠져나간다. 현주는 운전대를 잡고 있고 놈은 조수석에 타고 있다. 놈은, 어안이 벙벙해 있다.

골목을 신속하게 빠져나온 현주가 대로변에 차를 세운다. 그러고는 비상등을 켜고 내게 운전을 부탁한다. 현주는 이미 음주 측정량을 훨씬 넘어설 만큼 술을 마신 상태다.

그건 뭐야?

현주가 자리를 바꾸다가 내 손에 쥐어진 캔 커피를 가리키며 묻는다.

그, 언니라는 분이 주신 거야.

언니는 무슨.

현주가 쌩하니 고개를 돌린다.

손에 쥐고 있는 캔 커피의 표면이 차갑지도 따뜻하지도 않다. 이 어정쩡한 감촉 때문에 낯선 동네에서 한 낯선 여자와의 만남을 잊을 수 없을 것 같다.

3
주차장에서 할 수 없는 일들

왜 생태를 사다 놓고 불고기 해 먹을 생각을 하니?

나와는 코드가 다른 남자들, 그래서 신경전을 벌여야 하는 남자들, 결국은 헤어지게 되는 남자들에 대해 투덜거릴 때마다 엄마가 내게 던지는 충고다. 그 순간에는 무슨 뚱딴지같은 소리냐고 윽박을 지르기도 했다. 그러는 엄마는 왜 생태와 결혼했느냐고, 게다가 보기 좋게 이혼까지 하지 않았느냐고 대들고 싶었다. 하지만 나이를 먹을수록 반박할 만한 전의는 불타오르지 않는다. 시간이 갈수록 엄마의 뚱딴지같은 소리에 수긍하게 되고야 말았기 때문이다. 그리고 점점, 생태로 불고기를 만들려고 갖은 애를 쓰는 행위가 성가셔진다.

나는 그토록 뻔한 생태와 불고기의 진리를 알고 있음에도 그와의 약속 장소에 나간다.

그와 나는 취기를 빌려 키스를 했다. 뭐 키스 한 번 했다고 일상에 큰 변화가 생기는 건 아니다. 하지만 그와 나는 직장 동료로 매일같이 얼굴을 맞닥뜨려야 한다. 그러므로 그날의 일은, 그냥 모른 척 지나갈 만큼 소소한 문제가 아니다. 그냥 지나치면 이틀 동안 그랬던 것처럼 피차 껄끄러울 것이었다. 그보다는 저녁에 별다른 약속 없이 집에 들어가, 무작위로 텔레비전 채널을 돌리기도 싫었지만.

어쩌면 그는 엊그제 했던 키스를 자신의 과실로 돌리며 정중하게 사과할지 모른다. 그러면, 술 마시고 나서 그럴 수도 있죠, 라고 대답하며 호쾌하게 웃어넘기자고 다짐한다. 그래야만 예전처럼 자연스러운 직장 동료로 지낼 수 있다.

호수 먹을거리 마당. 각양각색의 음식 코너가 즐비한 푸드 코트. 길이 네 갈래로 나뉘는 가운데 지점에 그가 서 있다. 주말. 코엑스 안은 많은 인파로 북적거린다. 나는 그에게 걸어가려다 말고 아이스크림 가게 뒤로 몸을 숨긴다. 어디까지나 오늘의 목표는 최대한 '친구'나 최소한 '동료'가 되는 것이지만 아이러니하게도 나를 기다리고 있을 그의 표정이 궁금해졌다. 그는 많은 인파 속에서 나를 찾으려고 두리번거린다. 몹시 긴장한 표정이다. 나는 아이스크림 가게 뒤에서 나온다. 그를 향해 걸어가는 것을 마다한다. 멀찍이 서서 소심하게 손을 주뼛 올린다. 그가 나를 알아보고 천천히 걸어온다.

온통 빨갛게 채색된 파스쿠치에 앉아서 그와 나는 이틀 전처럼 마주 본다. 그의 앞에는 허브티 한 잔이 놓여 있고 내 앞에는 카페라테 한 잔이 놓여 있다. 이틀 전에 저질렀던 실수보다 허브티와 카페라테의 사소한 차이가 훨씬 거리감을 준다.

그제, 잘 잤어요?

그가 친절하게 묻는다.

네. 들어가자마자 잤죠.

사실은 밤을 꼴딱 새우다가 새벽 5시나 되어서야 겨우 잠이 들었다. 하지만 이런 말은 당연히 하지 못한다.

어제는 뭐 했어요?

그냥…….

그랬구나.

단조로운 말들을 별 의미 없이 주거니 받거니 한다. 어색한 기운만 팽팽하게 이어진다.

……생각해 봤어요.

그랬겠지. 그는 사내에서도 일 처리나 성격이 매사 깔끔하기로 정평이 나 있는 사람이다. 그런 사람이, 취기에 사내 동료와 키스를 했으니 오죽 마음이 불편했을까. 그나 나나 이런 점에서는 어쩔 수 없는 회사원인 것이다. 발가락 끝에 바투 힘을 넣으며,

  우리, 오늘 왜 만난 거예요?

  진부한 멘트. 왜 만나긴, 어이없이 키스한 사이니까 골몰 끝에 수습이라도 하려고 만났지. 그는 약간 당황하며 시선을 어디에 둘지 몰라 한다. 눈가는 미미하게 일그러지는데 입은 앙다문 채 미소를 띠고 있다. 암팡지게 다문 입술에 탄력이 느껴진다. 배꼽에서부터 그날의 기운이 스멀스멀 기어오른다. 입술이 근질거린다. 한 번 하고 쫑낼 줄 알았으면 좀 길게 할걸. 나는 도리질 친다. 그리고 얼른 앞에 놓인 따뜻한 카페라테를 들이켜며 진정한다.

  음…… 송이 씨 감정이 어떤지 묻고 싶어서요.

  그도 앞에 놓인 허브티를 한 모금 마신다.

  술 마시고 나서 뭐.

  거기까지만 말한다. 준비한 말이 있었는데, 그걸 녹음기처럼 또박또박 읊어 대고 있었는데, 감정이라니. 뒤에 나와야 할 말이 꼴까닥 목구멍으로 넘어간다.

  감정이라뇨?

  음…….

그는 말을 잇지 못하고 말끝을 흐린다. 손가락 끝으로 브론즈 빛 안경테를 만지작거린다. 결국엔 대답을 하지 못한다. 그가 앞에 있는 찻잔을 그러쥔다. 내가 거품이 가라앉고 있는 카페라테 잔을 탁, 내려놓는다. 눈을 또렷이 뜨고서 입을 뗀다.

저랑, 만나고 싶어요?

나도 모르게 조소 섞인 웃음이 튀어나온다. 그가 멈칫하다가 고개를 조심스레 끄덕인다. 나는 다시 묻는다.

저, 좋아하세요?

그가 길게, 눈 한 번 깜빡이지 않고 비장한 눈빛을 발산하며 나를 쳐다본다.

네.

나는 얼레벌레 미소를 띤다. 곧이곧대로 믿어서가 아니라, 지금 상황으론 그럴 수밖에 없어서다. 잠시 침묵한다. 이런 시간이 훌쩍 지나가 버렸으면 좋겠다. 아무리 완벽했던 키스도 어떤 방향으로 진행될지 모를 남녀에게는 큰 효력이 없다. 정말 서먹서먹할 뿐이다.

지잉. 휴대폰 진동 음이 음악 소리에 묻혀 작게 울린다. 그가 휴대폰을 들고 밖으로 나간다. 유리창 밖에서 그가 서성이며 통화를 한다. 그의 얼굴에 들어서는 짜증이 유리창 안으로 밀려 든다. 나는 멀뚱하게 앉아 있기가 어색해서 휴대폰을 꺼내 현주에게 문자를 보낸다.
—뭐 해?
잠시 후 답장이 뜬다.
—명상 중이시다.
쳇, 하는 순간 그가 들어온다. 나는 폴더를 내리고 휴대폰을 가방 속에 집어넣는다.
그가 활짝 웃으며 의자에 앉는다. 무언가 좋은 일이 있었나 보다. 밖에 나가서 통화를 하고 들어오면서부터 좀 전과 달라졌다. 그의 표정엔 생기가 가득하다.
좋은 일 있으신가 봐요.
네. 누가 결혼한대요.
결혼요? 성격 좋으신가 봐요. 남이 결혼하는데 그렇게 좋아하기도 힘들겠어요.
……네. 친한 사람이거든요. ……그나저나, 배고프지 않아요?
조금요.
그럼, 뭐 좀 먹을까요? 요 앞에 패밀리 레스토랑 어때요?
만약 지금, 그와 내가 만난 게 첫 데이트라고 명명한다면, 패밀리 레스토랑은 적절한 장소가 아닐 수 없을 것이다.
감기 기운이 있어서.
나는 손으로 입을 가리고 큼큼, 밭은기침을 뱉는다. 정말 신림동에 다녀온 후로 감기 기운이 엄습해 왔다.

말해 봐요. 뭐 먹고 싶은 거 있는지…… 어서 먹으러 가요.

……추어탕, 어때요?

나는 조심스럽게 말한다.

추어탕?

그가 반문하는 것을 보니 적잖이 놀란 눈치다. 첫 데이트에 추어탕이라니, 놀랄 만하겠다. 그래도 어쩌겠는가. 이미 입 밖으로 튀어나간 말이거늘. 사실 지금은 푸석푸석한 고기나 피자 따위가 목구멍에 넘어가지 않을 것 같다.

네. 이렇게 목이 칼칼한, 감기 기운이 있을 땐 추어탕이 제격이거든요.

나, 추어탕 진짜 좋아하는데!

그가 반색한다.

내가 제일 좋아하고, 제일 자주 먹는 음식이에요. 우리 한 그릇 때리러 가죠!

그는 길을 가다가 몹시 반가운 동창이라도 만난 것처럼 말한다. 그 말은 내게도 '말뚝 박기' 하던 친구를 만난 것 같은 기분을 자아내게 한다. 교복 치마 아래로 체육복을 껴입고 '말뚝 박기'를 함께했던 친구처럼 그가 허물없이 느껴진다. 그와 나는 파스쿠치에서 나와 추어탕 집을 찾는다.

추어탕 한 그릇이 전혀 다른 한 남자와 한 여자를 친밀감

속으로 쑥 밀어 넣는다. 그래, 어쩌면 추어탕은 친밀감의 알리바이다.

일주일 후.
그와 나는 눈을 맞추며 오케이 사인을 주고받는다. 그리고 서로 간격을 두어 모텔에 들어간다.
모텔 외관이 심플해 보였기 때문에 나쁘지 않겠다고 짐작했다. 어느 동네마다 있을 법한 모텔. 겉만 보고 모르는 건 사람만이 아니다. 모텔도 마찬가지다. 보송보송하고 고슬고슬한 이불이 깔린 호텔을 기대한 건 아니다. 그래도 외관이 번지르르해서 최악은 아니겠지 싶었다.
무슨 꽃인지 도대체 판별할 수 없는 볼썽사납도록 울긋불긋한 꽃무늬 벽지, 눅눅한 이불, 정체 모를 사람들이 거쳐 간 알 수 없는 쾨쾨한 냄새, 벽면에 직사각형으로 붙어 있는 거울, 차가운 파란 불빛이 '하고 싶은' 마음을 일그러뜨린다. 나는 주변을 빙 둘러본다. 혹시 '몰카'라도 숨어 있는 게 아닐까 싶을 만큼 모텔 방이 음산하기 때문이다.
나는 이 공간이 주는 조악한 이미지에 잠시 랩을 씌우려고 눈을 감는다. 이건 맘에 안 들고 저것도 맘에 안 들어요. 여기까지 들어와 놓고 그렇게 주절거릴 수도 없지 않은가. 그가 나를 꽉 그러안는다. 아직 그와 내가 열렬히 사랑하는 사이가 아니어서 그런가. 이상하게도 별로 감흥이 없다. 그가 혀끝을 내 입술에 댄다. 나는 장단을 맞춰 입을 벌린다. 그의 혀끝이 내 혀끝을 가볍게 간질이듯 연속해서 터치한다. 내 혀와 그의 혀가 침으로 범벅이 되며 섞여, 피겨스케이팅을 한다. 몸이 저절로 침대 위에 스르륵 넘어진다.

그와 내 몸이 완전한 '합체'를 하고 있는 중. 꾹 감고 있던 눈을 뜨고 싶은 충동이 발랑 일어선다. 서로의 몸과 몸이 여기, 바깥으로부터 전혀 통제받지 않는 그 절정의 순간, 그의 눈길을 보고 싶다. 봄볕처럼 쏟아지는 따스한 눈빛일까? 잘해 보려고 사력을 다한 나머지 요상하도록 진지한 눈빛일까? 실망스러워서 멀뚱한 눈빛일까? 그도 아니면 두 눈을 꾹 감고 있을까? 아무튼 궁금하다.

첫 관계 때 상대의 눈을 보는 것은, 더군다나 여자가 먼저 눈을 본다는 것은, (지금 그가 눈을 뜨고 있는지 알 수 없으므로) 실로 위험천만한 모험이 아닐 수 없다. 하지만 나의 호기심은 이미 발동이 걸렸다. 그래서 애틋한 눈빛을 가장하여 그를 바라보겠다고, 명징하게 그 눈빛을 각인하겠다고 다짐한다. 실눈을 뜰까 하다가 그게 더 우습게 보일지도 모른다는 생각이 스친다.

살며시, 그러나 당당하게 눈꺼풀을 걷어 올리는 순간, 나는 흠칫 놀라고야 만다. 나는 순간적으로 그의 몸을 약간 밀어쩟히며 컥, 소리를 내뿜는다. 이런! 나는 그가 이것을 오르가슴의 일부로 생각해 주길 바란다. 하지만 그런 터무니없는 일은 일어날 리 없지. 그가 이불깃을 가슴에 그러안고 놀란 눈으로 나를 바라본다. 가혹하게 상처받은 눈빛이다.

이게 다 요 시퍼런 불빛 때문이다. 모텔에서는 나름대로 분위기를 잡으라고 설치한 조명일 텐데 그게 오히려 분위기를 다 깬 것이다. 안경을 벗은 그의 얼굴은 파란 조명을 받아 괴기스러웠다. 공포 영화의 한 장면처럼. 나는 원래 그런 장르의 영화를 보지 못한다. 그런데 왜 하필, 이 결정적인 순간에 나는 그의 얼굴을 보고 공포를 느낀 것일까. 아니, 스릴러 영화와 혼동한 것일까. 정말이지 죽을 맛이다. 눅눅한 이불에 얼굴을 처박는다.

가을은 카 섹스의 계절이다.

나는 백화점에서 산, 토마토 주스를 들고 지상 주차장으로 나온다. 노릇한 볕이 내려앉은 지상 주차장의 자동차들이 물고기 비늘처럼 반짝인다. 백화점 지상 주차장은 토요일인데도 한산한 편이다. 아마도 어제 '○○백화점 유통기한 넘긴 식료품 다량 판매'라는 뉴스가 보도된 까닭이겠다. 주차 전쟁을 방불케 할 지상 주차장은 이가 빠진 양 빈 라인이 드문드문 보일 정도다. 그의 차는 백화점에서 가장 멀리 떨어진 라인에 주차되어 있다. 그의 차 양쪽 라인이 모두 비어 있다. 탁월한 자리. 나는 토마토 주스를 들고 차에 올라탄다.

샀어요?

그가 다정하게 물으며 내 허벅지 위로 손을 올린다. 나는 고개를 절레절레 흔들며 빨대로 토마토 주스를 쪽 들이마신다. 그런데 상큼한 토마토 주스를 마셔도 기분이 까라진다. 그는 나와 섹스를 한 후에도 여전히 존대를 하고 있다. 게다가 그는 나보다 나이가 다섯 살이나 많다. 먼저 말을 놓아 주는 게 당연하지 않은가. 여전한 거리감 때문에 불편한데, 뭐라고 말해야 할지 모르겠다. 그래서 차 열쇠에 손을 뻗어 그냥 시동을 끈다.

왜요?

그가 눈을 동그랗게 뜨며 내게 묻는다.

공회전은 환경오염의 주범이라잖아.

내가 은근히 말을 놓으며 대꾸하자, 그가 배시시 웃는다.

차창 정면으로는 노란 나뭇잎들이 무성한 은행나무가 바리케이드처럼 일렬로 서 있다. 바람이 한 번 스칠 때마다 나뭇잎들이 푸들푸들 몸서리친다. 바야흐로 가을인 것이다.

가을은 카 섹스를 하기에 더없이 좋은 계절이다. 카 섹스는 시동을 끈 상태에서 자유롭다. 시동을 켜 놓은 상태에선 자칫 간섭을 받을 수 있다. 그러니 에어컨이나 히터에 의존하지 않아도 되는 이 계절은 정말이지 사랑스러울 정도다. 게다가 비가 오면? 망설일 필요조차 없다. 물론 5퍼센트 투과율의 연인용 선팅은 필수!

백화점 외벽에서 나부끼는 '가을맞이 바겐세일'이라고 쓰인 플래카드를 바라보다 고개를 트는데, 그의 입술에서 나온 분홍빛 혀끝은 이미 내 귓불에 닿아 있다. 끈을 단단히 묶은 피겨스케이트화를 신은 혀끝이다. 쏟아지는 그의 입김이 내 몸속을 휘돌며 은빛 물감을 퍼뜨린다. 나와 그는 서로를 한 번 쳐다보고는 키들키들 웃는다.

뒤로 갈까요?

그가 조금은 조심스럽게, 하지만 간절히 원하는 눈빛으로 묻는다. 나는 대답 대신 엉덩이를 쳐들고 먼저 뒷자리로 넘어간다.

그날 이후 우리는 모텔에 얼씬도 하지 않았다. 그나 나나 그날의 일이, 실로 충격적이었던 모양이다. 그리고 며칠 후 그가 느닷없이 차에 선팅을 해서 나타났다. 그날 나는 말로만 듣던 카 섹스를 처음으로 해 보았다.

딱딱한 의자, 차가운 가죽 시트, 비좁은 공간. 자리도 불편했고 자세도 선뜻 나오지 않았다. 다음 날이 되도록 목에서 척추까지 욱신거려서 혼났다. 목이며 허리에 파스를 덕지덕지 붙이고 출근했다. 만만치 않은 것이구나, 아쉬울 따름이었다. 비좁은 공간에서 나누는 섹스는 완벽할 수 없었다. 하지만 '우리만의 공간'에서 나누는 섹스는 아늑했다.

처음으로 카 섹스를 한 다음 날 퇴근을 하고 코즈니에 갔다. 그리고 큼지막한 토끼 모양의 쿠션을 사서 그에게, 아니 그의 차에게, 더 정확히 말하면 '우리만의 공간'에게 선물했다. 그 후로 우리는 약속이라도 한 듯 뒷자리에서 엉키곤 했다.

그의 손이 내 상의를 비집고 들어와 가슴께를 더듬거리며 젖꼭지를 찾는다. 나는 그의 허리띠를 풀기 시작한다. 그는 좀체 허리띠를 먼저 푸는 법이 없다. 내 손길이 닿을 때까지 몸을 느슨히 하며 기다린다. 내가 서둘러 허리띠를 풀고 청바지를 벗기는데 청바지의 거친 질감 때문에 잘 내려가지 않는다. 그가 청바지를 내리는 동안 나는 앞자리에 놓인 CD 케이스를 꺼낸다. 케이스에서 CD 한 장을 빼는데 그가 허벅지에 가벼운 키스를 연달아 해 댄다. 얼굴이 달아오르며 다리 힘이 차르륵, 풀린다.

내가 의자에 눕자 그가 위에서 나를 부둥켜안는다. 빳빳한 CD 같은 페니스가 내 몸속으로 부드럽게 삽입된다. 내 몸속에서 유영하는 CD가 한 장. 차 안에는 숨에 희석된 은은한 음악이 퍼진다. 차가 흔들리지 않게 하는 방법을 알았어요. 다소 들뜬 음성으로 그가 속삭인다. 드르륵, 의자 등받이에 달린 그물주머니 안에서 휴대폰이 진동한다.

　여보세요.

　그의 목소리는 매우 차분하다. 그는 페니스를 빼지 않고, 하던 것을 마저 한다. 그의 침착한 목소리 때문에 우리가 섹스를 하는 것인지조차 의심스러울 정도다. 그는 통화를 하기 위해 내 몸에 밀착된 자신의 상체를 들어 올린다. 한쪽 팔꿈치를 등받이에 받친다. 그리고 천천히, 아주 천천히 허리를 움직인다. 나는 통화 따위에 아랑곳하지 않고 잔잔하게 물결치는 그의 몸과 호흡한다.

　박 상무 비서야.

　그는 내게 미안한 표정을 짓고, 그물주머니에 다시 휴대폰을 넣는다. 달아오른 숨결이 끊임없이 그의 코끝에 뱉어진다. 나도 모르게 신음의 음계가 한 칸씩 올라선다.

　이상하다. 카 섹스가 아늑하긴 했지만, 늘 무언가 조금씩 부족한 느낌이었다. 주어진 조건이 그러하니 그만큼으로 늘 만족하고 있었다. 그런데, 그런데, 박 상무 비서의 전화를 받은 이후로 무언가 달라졌다. 카 섹스의 자세를 찾은 것이다! 나는 막 점프를 시도하려고 한다. 이대로 가면 최소한 2단 점프다! 끽! 창밖을 본 그가 재빨리 페니스를 뺀다.

　그가 내게 일어나지 말라는 표시로 손바닥을 내보인다.

당황한다. 시꺼멓게 선팅된 5퍼센트 투과율을 자랑하는 창을 본다. 차 바깥에서 몇 번이나 확인해 보지 않았던가. 그가 스커트를 슬며시 내려 주며 소곤댄다.

잠깐, 그대로 있어요. 저 사람 가면 다시 하고 싶어요.

그건 나도 마찬가지다. 피겨스케이팅은 예술적인 스포츠다. 아름다운 연기는 피겨스케이팅의 꽃이다. 하지만 그래도 관건은 점프다. 아예 불가능하다면 몰라도 코앞에 두고 이렇듯 허무하게 접을 수는 없지 않은가.

나는 쿠션을 받쳐 누워 있고 그는 바른 자세로 앉아서 옆 차의 동향을 살피기 시작한다. 그는 상의만 입은 채로 앉아서 옆 차의 상황을 중계한다. 나는 누워 있으므로 창밖이 보이지 않는다. 그의 설명으로 옆 차의 상황을 그릴 뿐이다.

왜 저렇게 안 내리지? 어, 저 차에 어떤 여자가 탔어요. 아이스크림을 들고 있어요…… 어, 어, 뭐, 뭐야. 둘이 아이스크림을 먹기 시작해요…… 왜 저렇게 속도가 더딘 거야. 빨리, 빨리 먹으란 말이야. 어, 어, 서로 떠먹여 주고 있어요.

그의 설명은, 스타크래프트 진행자처럼 과장된 긴박감을 섞고 있다.

끽! 그의 시선이 반대쪽 창으로 잽싸게 이동한다. 그의 설명에 따르면 차의 왼쪽에 또 다른 차가 주차됐다. 이번엔 은색 벤츠란다. 갈수록 태산이란 표정으로 그가 두 차를 번

갈아 본다. 은색 벤츠의 운전자는 40대 정도 되어 뵈는 아줌마.

드디어, 담배 한 대 다 피우시고, 언짢은 일 좀 있으셨나 보네…… 헉, 아줌마 다시 한 대 더 물었어요…… 저 아줌마 보기 드문 '꼴초'십니다. 창을 올리시고, 그래, 그래, 출발한다.

그의 시선이 다시 아이스크림 커플 차로 이동한다.

에이, 쟤들은 주차장에서 무슨 아이스크림을 먹고 그래. 먹으려면 좀 빨리 먹던가.

짜증 섞인 말을 내뱉은 그의 얼굴이 시들하다. 나는 바닥에 떨어져 있던 살색 스타킹을 주워 다리를 쑥 끼워 넣는다.

4
연애를 망치는 네 가지

기획안 준비로 점심시간이 따로 없다. 타 금융회사에서 만든 상품 자료를 뽑아 머리를 굴리는 중이다. 벼락치기와 짜깁기. 언제부터 벼락치기와 짜깁기로 근근이 버티는 인생이 되었더라? 그건 아주 오래전부터였다.

나는 초저녁에 방영하는 만화를 다 보고 눈에 잠기운이 꾸역꾸역 차야 숙제로 내준 일기를 쓰기 시작했고, 설렁설렁 출석만 하다가 시험 날짜가 임박해야 새벽까지 머리 싸매고 공부를 했다. 만화 주인공 밍키가 그려진 짝꿍의 필통을 보고는 문방구에 가서 슬쩍 비슷한 걸 샀고, 묘한 죄책감에 연필이나 지우개 따위만 전혀 다른 것들로 꽉 채우기도 했다. 그뿐만 아니다. 텔레비전 화면에 나온 송혜교의 귀걸이를 보고 쪼르르 나가서 똑같은 것을 따라 하기도 했다. 누군가 나보고 웃기는 짬뽕이라고 비난한다면 할 말은 없다. 계속 이렇게 살고 싶은 건 아니지만 솔직히 지금 내 모습이 그러한 걸 어쩌겠는가.

엄마와 아빠는 언니의 이름 때문에 크게 다퉜다고 한다. 언니의 뼈가 단단해지지 않아 품에 안는 것조차 벌벌 떨던 아빠는 작명소에 가서 언니의 이름을 지어 왔다. 그 이름은 한영이였다. 아빠 딴엔 첫 딸이니만큼 신경 써서 거금을 주고 지어 온 이름이었다. 아빠는 곧바로 한영이라는 이름을 호적에 올렸다. 그런데 아빠가 지어 온 그 이름에 엄마는 붓기도 채 덜 빠진 몸을 부르르 떨었다. 당신의 딸이 그런 평범한 이름을 갖고 평생 평범하게 살게 될까 봐, 제2의 당신이 되어 살까 봐 아득한 두려움을 느꼈을 것이다.

엄마는 둘째 딸인 내가 태어나자마자 아빠에게 신신당부했다고 한다. 한송이로 올려요. 한송이예요! 순간 아빠는 풀썩 웃었다고 한다. 당신의 딸이 유일하고 아름다운 삶을 살라고 지은 이름이었을 것이다. 한송이.

편의점에서 사 온 샌드위치를 책상 위에 올려 둔다. 샌드위치를 한 입 베어 물고 각 부서에 발송할 메일을 체크한다.

지금 내가 하는 일이 애초에 간절히 원했던 직업은 아니었다. 열세 살 때는 피겨스케이팅 선수. (너무 늦어서 포기했다.) 그리고 중·고등학교 시절 내내 대학에 진학하는 것 외에 이렇다 할 바람이 없었다. 아니, 키가 다 자랐을 때도 막연하게나마 피겨스케이팅 선수가 되고 싶었다. 하지만 꿈은 꿈일 뿐. 재수 시절을 거쳐 대학에 진학한 후로는 취업이라는 분명한 목표가 생겼다.

매일 아침 지하도 계단을 오르면서 집으로 돌아가 침대에 눕고 싶다는 생각을 한 두어 번쯤 한다. 구두를 벗어 던지고 싶은 충동이 인다. 그러다가 지하도 출구로 들어오는 아침 햇빛을 본다. 이를테면 주택청약부금, 달마다 나오는 카드 대금, 날마다 쓰는 교통비, 그리고 소정의 유흥비 따위를 떠올리면 내가 꼭 하고 싶었던 일보다는 지금 하고 있는 일을 꼭 해야겠다는 생각이 절실해진다.

점심시간. 4000원에서 6000원 사이의 따끈따끈하고 얼큰한 찌개를 포기한다. 편의점에서 1200원 주고 산 샌드위치 하나로 꿋꿋이 버텨야만 하는 이유는 너무도 많다.

한송이 씨죠.

네, 그런데요.

네, 여기는 희망은행인데요.

수화기를 통해 건너오는 은행 직원의 목소리가 달콤하게 울렸다. 적금 만기. 얼마나 기다렸던가.

나는 애초에 입사했을 때부터 매달 50만 원씩 붓는 적금

이 만기되면 회사를 그만두겠다고 다짐했다. 왜냐? 이 일이 내가 진심으로 원했던 일이 아니었기 때문이다. 사회에 발 딛은 자가 되면, 한 가정에서 부모에게 더 이상 빌붙어 살 수 없게 된 자가 되면, 꼭 하고 싶은 일만 하게 되는 건 아니다. 그래서 입사 후로는 비장한 마음으로 매달 적금을 부었다.

    해외여행을 가 보는 건 어떨까? 빙고! 나는 해외에 가 본 적이 없다. 해외여행을 떠나고자 인천국제공항을 찾는 인파가 실로 놀라울 정도란다. 지난 연휴 때 빠져나간 숫자만 해도 20만 명. 어디까지나 남의 얘기다. 나는 아직까지 해외여행은커녕 비행기도 타 본 적이 없다. 대학 다닐 때 친구들과 배낭여행 계획을 세운 적은 있었다. 엄마를 졸라 보았지만 대답은 이랬다. 네가 벌어서 가라. 엄마다운 얘기였다. 엄마는 노상 학비를 대 주는 것만으로도 감지덕지하라고 했다. 아쉬운 대로 졸업 여행지가 제주도였지만 다리가 부러져서 그마저도 못 가게 됐다. 지질하게 여행 운이 없었다.

    입사 후에는 전혀 기회가 없었던 게 아니다. 현주가 몇 번 제안을 하기도 했고 언니가 출장차 일본에 갈 때 함께 가자고도 했다. 스스로 돈을 벌게 됐으니 갈 수 없는 형편은 아니었다. 그런데 기회가 막상 닥쳐왔을 때 나는 연애 중이었다. 그래, 상대방 눈치를 보느라 나 혼자서 얼씨구나 하고 휙 여행을 떠날 주제가 안 되었던 것이다. 꼴사납게 나보다는 상대를, 그보다는 우리를 생각하는. 그러니 여행인들 마음 편히 갈 수 있었겠는가.

한반도 내륙을 단 한 번도 떠나 보지 못한 채 스물아홉이 되었다니. 하지만 슬프지 않다. 나는 곧 여행을 갈 거니까.

얼마 전 우연히 현주가 들고 있던 고흐의 화집을 봤다. 「꽃이 핀 아몬드 나무」라는 그림이 눈에 들어왔다. 고흐의 그림 중에는 초등학생도 다 알 만한 유명한 그림들이 많다. 그런데 내 마음에 들어온 그림은 다름 아닌 「꽃이 핀 아몬드 나무」였다. 그 그림을 소장하고 있는 암스테르담으로 가 보는 건 어떨까. 네덜란드. 괌이나 말레이시아 같은 동남아시아보다 신선하겠다.

나는 짬을 내어 홈쇼핑 사이트 세 군데를 동시에 켜 놓고 들어가 본다. 나와 함께 첫 해외여행을 떠날 녀석을 찾기 위해서다. 네덜란드로 동행할 녀석! 그러니 적당히 한군데서 마구잡이로 고를 수 없다. 신중해야만 한다. 여행용 트렁크. 빨간색이었으면 좋겠다.

멀리, 박 상무 비서가 자리에 앉는 게 보인다. 박 상무 비서가 자리에 앉자마자 머리를 하나로 묶는다. 점심시간이 끝나려면 아직 20분이나 더 남았다. 바쁜 일이 있는가 보다. 며칠 전 박 상무 비서 덕분에 나는 카 섹스의 절묘한 자세를 찾았다. 점프에 버금가는 오르가슴을 느낀 건 아니지만 그럴 수 있는 가능성을 발견했다.

　책상 서랍을 연다. 책상 서랍 속에 비상용 간식으로 비축해 둔 오예스를 하나 꺼낸다. 박 상무 비서는 무언가를 찾느라고 허둥지둥한다. 나는 뒷짐을 지고 박 상무 비서의 자리로 걸어간다. 박 상무 비서와는 평소 인사도 잘 안하는 편이다. 이유는 모르겠다. 사내에서 인사를 나누지 않는 사람이 어디 한둘이어야 말이지. 박 상무 비서를 방해하지 않고 슬며시 책상 위에 오예스를 올려 둔다. 당연히 이유를 알 턱 없는 박 상무 비서가 뾰로통하게 나를 쳐다본다.

　자판기 커피 두 잔을 들고 수경 씨가 들어온다. 달뜬 표정으로 자리를 향해 걸음을 재촉한다. 점심을 먹은 자리에서 또 어떤 획기적인 이야기를 듣고 온 것이 분명하다. 자판기 커피 두 잔을 보면 알 수 있다. 수경 씨가 자판기 커피를 들고 오는 이유는 대개 뻔하다. 사내 불륜 사건이나 인사이동 따위의 이야기다. 지난달에는 사내 불륜 당사자들이 본보기로 해고됐다.

　애기 들었어?

　수경 씨가 자판기 커피 한 잔을 내 책상 위에 올려놓는다. 그리고 곧바로 몸을 돌려 기획안 파일을 연다. 내가 자판기 커피를 마시지 않는다는 것을, 수경 씨는 모른다. 한솥밥을 먹은 지 5년째 접어드는데도 말이다. 하긴 그건 나도 마찬가지다. 수경 씨가 날마다 바르는 똑같은 립글로스를 보며, 어디 거야? 라고 물은 지 5년째니까. 그러면 수경 씨도 아무렇지 않게 대답한다. 맥. 립글로스의 상표명을 들으면 그제야 지난번에도 물었던 것이 상기되곤 한다.

유 대리 말이야……

기획안 작성을 하다 말고 손이 움찔한다. 누군가에게서, 나와 만나고 있는 사람이 호명될 때마다 번번이 가슴이 내려앉는다. 그의 이름을 거론하는 사람은 우리가 연인이라는 사실을 전혀 모른다.

본부장이 바뀌었다. 회사 분위기는 삼엄하다. 사원들이 무리 진 자리마다 조심조심 구조 조정설이 술렁인다. 혹시, 그것만은 절대 아니길 바라며, 하지만 나와 전혀 무관한 얘기라는 양 키보드를 타닥타닥 친다. 자꾸 오타가 난다.

상품개발팀 유 대리…….

수경 씨가 키보드를 치며 뜸을 들인다. 시선은 여전히 모니터를 향해 있다. 이름만 들어도 다시금 가슴이 콩닥콩닥 뛴다. 귀를 쫑긋 세운다. 나는 의연하게 마우스를 쥐고 상반기 실적 자료를 살피는 척한다.

그와 나는 연애 사실을 비밀에 붙이기로 했다. 먼저 쐐기를 박은 건 바로 나였다. 그는 굳이 그럴 필요가 있겠느냐고 했지만 나는 회사 분위기가 안 좋잖아요, 라고 말할 수밖에 없었다.

그 핑계는 어느 정도 사실이긴 했지만 근본적인 이유는 따로 있었다. 사내 커플은 사원들의 표적이 된다. 회사에서는 사내 커플을 꺼리지 않는데도 그렇다. 사내 커플인 것이 밝혀지면 모두들 기다렸던 사람처럼 그들의 뒷이야기를 쏟아 내곤 한다. 정말 듣기 민망할 정도의 이야기들도 속출한다. 사원들의 입은 솔솔 재미를 붙여 사내 커플을, 물 풍선 가지고 놀듯 조몰락거린다. 어떤 사랑이, 그 조몰락거림 때문에 깨질 수 있다는 것은 상상도 못한다.

사내 커플이었다가 헤어진 사례를 보면 그 후유증이 치명적인 직격탄이 되어 날아가는 쪽은 대부분 여자. 흔한 일은 아니지만 둘 중 누군가 버티지 못하고 나가게 된다면 그것도 대체로 여자 쪽이다. 게다가 나는 그와 앞날을 생각할 만큼은 아니었다. 그게 결정적인 이유다. 그런 염려와 나를 지키고 싶은 절박함 때문에 나는 '절대 비밀'이라는 방패를 내세웠다. 그리고 결국 약속을 받아 냈다.

그건 아닌 거 같아…….

수경 씨가 슬쩍 미끼를 던진다. 평소 같으면 앞에 두고 구경만 했을 자판기 커피를 바라본다. 쓰레기통으로 직행했을 종이컵을 손에 옹송그려 쥔다. 그리고 수경 씨가 뽑아 온 커피를 한 모금 정중하게 마신다. 수경 씨가 아니라 수경 씨의 입을 못 믿겠지만, 이쯤에서 사실대로 말하는 게 최선일 것이다. 내가 잠시 머뭇거리다가 간신히 입을 떼려는데 수경 씨가 그 틈을 가로챈다.

능력도 좋아. 어쩐지, 그렇게 어린애 만나고 다니니까 회사 안에 있는 '노땅'들이 눈에 들어왔겠어? 그런데 나이 차이가 너무 나니까 안 어울리더라.

수경 씨가 몇 줄 작성했던 문구를 한꺼번에 잡아 삭제하며 인상을 쓴다.

수경 씨, 무슨 소리야?

내가 묻자, 그제야 수경 씨가 의자를 내 자리 쪽으로 돌리며 말한다.

유 대리 말이야. 요 앞 스파게티 전문점에서 어린 여자애랑 데이트 중인 것 같더라고. 대학교 1, 2학년쯤이나 됐을까 몰라.

수경 씨가 다시 의자를 돌리곤 키보드를 친다. 이 무슨 뜬금없는 소린지 모르겠다. 머릿속이 일거에 멍해진다. 새까만 바다 한가운데 풍덩 빠진 기분이다. 꼬르륵, 입속으로 짜디짠 바닷물이 쑥 밀려들어 온다.

조금 전, 언니가 결혼하겠다고 선포했다. 두 달 전에 다른 남자와 열렬한 사랑에 빠져 있다가, 바로 두 달 뒤 바뀐 애인과 결혼하겠다니. 하루 이틀 일도 아닌데, 내 알 바 아니다.

 오늘은 돌아가신 할아버지의 제삿날이다. 엄마와 아빠는 이혼을 했고 아빠는 이 집이 아닌 다른 집에 살고 있다. 하지만 아빠나 엄마나 아직 재혼을 한 건 아니어서 아직까지 제사는 엄마가 맡고 있다. 엄마의 뜻인지 아빠의 뜻인지 모르겠다. 돌아가신 할아버지가 좋아할지도 모르겠다. 평생 엄마가 준비한 제수로 제사를 지내 와서 엄마가 할아버지의 제사를 준비하는 과정에 위화감이 들진 않는다.

 가족들이 모두 모인 자리에서 자신의 결혼 의사를 밝힌 언니. 무척이나 고무되어 들떠 있다. 음악을 틀어 주면 한바탕 춤이라도 출 기세다. 영전 사진 속의 할아버지는 하회탈처럼 빙그레 웃고 있을 뿐이다. 그 멈춰 있는 웃음은 찬성도 반대도 하지 않는, 그러나 결코 찬성이라고 말하지 않는 묘한 웃음이다.

 아빠는 '나쁘지 않은 생각'이라고 격려를 해 준다. 엄마는 제기에 나물을 옮겨 담으며 '그러니.' 하고 나물 맛처럼 심심한 반응을 보인다. 하지만 어디까지나 언니의 결혼은 포부일 뿐이다. 언니의 남자 친구가 내년쯤으로 조심스럽게 미루었기 때문이다.

그런데 언니는 벌써부터 신혼집이며, 신혼여행이며, 결혼식장에 대해 너스레를 떤다. 특히 신혼집 문제가 부각된다.

내 대학 동창 지혜라고 기억나? 걔가 얼마 전 옥수동에 신접살림 차렸거든. 집들이에 초대받아서 가 봤는데, 좋더라고. 요즘 그쪽에 신혼부부들이 많대요.

결혼은 무슨, 그냥 평생 연애나 하시지. 그게 인류에 도움이 되지 않을까?

내가 쏘아붙인다.

뭐? 넌 하나밖에 없는 언니한테 아예 저주를 퍼붓냐?

어차피 그 감정, 지금 언니가 난리 법석을 떠는 그 감정 말이야. 6개월 넘기겠어?

언니가 나를 노려보더니 머리를 쥐어박는다. 자랑은 아니지만 나도 내일모레면 어엿한 서른이다. 그런데 내가 이 나이에 언니한테 머리통이나 쥐어박히는 게 말이나 되는가. 내가 틀린 소리를 한 것도 아닌데 말이다.

친언니가 결혼한다는데 무슨 심술이냐고? 우리 언니, 어렸을 때부터 인기가 많았다. 졸졸 쫓아다니는 남자 애들이 늘 서너 명은 웃돌았다. 그러니 콧대만 있는 대로 높아져 누구를 만나도 이리 재고 저리 잰다. 조금만 마음에 안 드는 구석을 발견해도 상대를 확 갈아 치운다. 남도 아닌 내가 그런 언니를 걱정하지 않을 수 있을까.

휴대폰도 할부금 갚을 때까지 1년은 쓴다, 응? 그 전에 마음이 바뀌고 그럴듯한 새 모델이 나와도 그 정도 책임은 진단 말이야! 그런데 언닌, 그 정도 책임감도 없는 사람이 무슨 결혼이야!

내가 언니를 향해 눈을 부라리며 언성을 높인다.

흠흠, 그만들 해라. 할아버지 제삿날에 이게 무슨 돼먹지 못한 행동들이야.

아빠가 언니와 나를 보며 꾸짖는다.

언니가 목소리 톤을 확 낮추어 내게 말한다.

내가 사랑을 돈 주고 샀냐?

…….

정수리를 세게 얻어맞은 느낌이다. 이럴 땐 얄미워서 죽을 지경이다.

그, 그래. 사랑은 돈 주고 사는 게 아니니까 수시로 바뀌는 그 감정, 언니의 프라이버시니까 상관 않겠어. 하지만 지금 언니는 연애를 하겠다는 게 아니라 결혼을 하겠다는 거잖아, 결혼을.

나도 질세라 작은 목소리로 응수한다.

휴대폰의 무게는 대략 300그램이다. 사랑은? 그 무게를 알 수 없다. 하지만 결혼은 다르지 않은가. 이 지구에서 사용되고 있는 휴대폰을 싹싹 긁어 모아서 재도, 결혼이라는 제도만큼 무겁진 않을 것이다.

마음이 바뀌면 어떡해?

나는 마음을 조금 누그러트리고 말한다.

무슨 마음?

언니가 어이없는 소리라도 들은 양 되묻는다.

언니 마음이 변하면 어떡할 거냐고.

이 말은 꼭 언니에게 하고 싶은 말이 아니다. 불현듯 내 가슴 한쪽이 찬바람 몰아치는 벌판에 세워진 듯 시리다.

왜 변해?

전혀 이해 못하겠다는 표정이다.

사람 마음이야, 변할 수 있는 거잖아. 언니의 감정이 다 식어 버릴 수도 있는 거고.

왜 식어?

언니는 마치 첫사랑을 만나, 구구절절한 이야기와 고비를 거친 끝에 결혼에 골인하는 사람처럼 내 의중을 모르는 척한다. 1년이 멀다 하고 남자 친구를 갈아 치워 왔으면서 말이다.

요즘 사랑해서 결혼하는 사람 있니? 결혼은, 확신이야.

언니가 이렇게 말하면서 리모컨으로 텔레비전을 끈다. 무슨 확신? 그 남자가 변호사여서 드는 확신? 다른 건 몰라도 호의호식하고 살 거라는 확신?

애, 이것들 좀 올려라.

엄마가 부엌에서 나를 부른다. 내가 언니 옆에 앉아 있다가 일어선다. 엄마는 나에게 건넬 쟁반에 제수를 올리고, 아빠는 위패에 낄 지방(紙榜)을 쓴다. 비둔한 몸집으로 비질비질 땀을 흘리며 쓰는 글씨체가 사뭇 섬세하다. 우리는 각자의 본분대로 자신이 할 일을 하고 있다. 그때 언니가, 소파에서 일어서며 뭐라도 거들 게 없나 하는 표정을 짓는다.

결혼하면 집은 장만해 줄 거지?

언니가 말을 툭, 내뱉는다. 각자 분담한 일을 하고 있던 엄마와 아빠, 나는 누가 먼저랄 것도 없이 동시에 언니를 쏘아본다. 우리 가족에게 이런 일심동체는 예외적인 일이다. 결국엔 엄마가 한소리 한다.

가서, 양말이나 신고 나와라.

언니는 꼬리가 길다. 양말을 신으려고 방으로 들어가면서도 꼭 한마디 덧붙인다.

개업까지는 안 바라!

그와 나는 바다가 그려진 벽화 앞에 앉아 있다.

며칠 전부터 그는 바다에 가고 싶다는 말을 연발했다. 그 마음, 모르는 거 아니다. 일주일 내내 사무실에서 똑같은 업무를 하다가 금요일이나 토요일이 되면 누구나 그런 생각을 한다. 하지만 무리해서 바다 여행으로 주말을 써 버리면 주중에 누적된 피로가 가중된다. 그 피로함을 떨치지 못한 채 다음 주를 견뎌야 한다.

나는 속옷을 사려고 코엑스를 돌아다니다가 바다 벽화를 발견했다. 전에는 그냥 회색 타일이었는데 누군가 그 위에 바다를 입혔다. 파도의 흰 거품이 풍부하게 드러난 파란 바다.

그와 나는 초콜릿 시럽이 듬뿍 뿌려진 아이스크림 하나를 종이 스푼으로 떠먹으며 벽화를 본다. 그의 입가에 초콜릿 시럽이 묻은 걸 그냥 모른 척 훔긴다.

어때, 바다에 온 기분이?

내가 묻는다. 그는 실망한 표정을 짓는다. 내가 바다에 가자고 말했을 때보다 훨씬 맥 빠진 표정이다.

차라리 아쿠아리움에 갈 걸 그랬어요.

그가 투정 어린 대꾸를 한다.

거긴, 바다 속을 체험하는 공간이잖아. 자기가 보고 싶은 건, 수면 아래가 아니라 수면 위 아니었어?

그가 바다 벽화를 물끄러미 바라본다.

실망했어?

그가 멋쩍게 웃는다. 그의 옆모습을 보면서 잠시 생각에 잠긴다. 나는 이 사람을 사랑하는 걸까. 그에게 항상 신경이 쓰이고 또 만나고 싶다. 누군가 사랑이란, 그 이상의 무엇이라고 반박한다면 할 말은 없다. 그렇게 반박한 사람은 그 무엇이 무엇인지 알까? 하여튼 사랑인지는 모르겠으나 그에게 호감을 갖고 있는 건 사실이다. 그런데 이상하게도 그에게 곁을 주기가 쉽지 않다.

그는 서른넷. 차차 결혼을 준비할 나이.

이목구비가 반듯하긴 하나 특색 없이 밋밋한 얼굴이다. 키도 큰 편이 아니다. 내가 하이힐을 신으면 나보다 작아 보일 정도다. 그런 얼굴을 더 평범하게 만드는 안경까지 끼고 있다. 버스나 지하철에서 한 번쯤 볼 만한 그런 외모다. 이력도 그의 외모처럼 반듯하지만 뭔가 특색이 없다. 서울에 있는 대학을 나왔고, 지금은 중견 기업의 대리다. 서른넷에 대리면, 그리 빨리 승진을 한 것도 아니고 아주 뒤떨어진 것도 아니다.

하지만 이 모든 평범함에는 진중한 매력이 있다. 내가 남자를 한두 번 만나 본 것도 아닌데 모를까. 조금이라도 잘났다 싶은 남자들! 자신이 평균 이상이라고 생각하는 남자들! 연인이면서도 함께 호흡을 맞춘다는 것 자체가 힘겨울 때가 많다. 그 잘난 체, 맞추느라 진을 빼야 한다.

그에게 가장 점수를 주고 싶은 건 단연 성격이다. 뭐 대단한 건 아니다. 대다수의 남자들처럼 권위적이거나 가부장적인 가치관이 없을 뿐이다. 그래서인지 그와 대화를 할

수록 하나가 되는 착각에 빠져 든다. 세상에 아무도 없고 오로지 너와 나. 그와 대화를 하다 보면 시간 가는 줄 모르게 된다.

나는 얼굴만 보는 10대가 아니다. 능력만 보는 20대도 어물쩍 보냈다. 얼굴과 이력이 보통인데 성격이 좋다면, 과감히 연애를 해 볼 수 있는 스물아홉이다. 그런데 어떻게 해도 받아들일 수 없는 것도 있다. 우리 아빠가 가지고 다니는 체크무늬 닥스 지갑을 가지고 다닌다는 점이다. 아저씨처럼 닥스라니! 볼 때마다 훅, 한숨이 쏟아진다.

이렇게라도 봤으니 됐죠.

그의 말에 아쉬워하는 기색이 역력하다.

몇 년 전에, 나랑 아주 친한 친구가 애인하고 경포대에 갔대. 사전 계획 없이 즉흥적으로 간 거라 도착했을 땐 이미 밤이었고. 바다 앞에 있는 횟집에서 광어를 먹었는데, 우리나라 광어가 왜 다 똑같잖아? 집 앞에 있는 횟집보다 맛도 별로였다나 봐. 그래서 둘은 근처에 있는 모텔에 들어갔대. 모텔 방에 들어가서 창밖을 보니까 그냥 까만 암흑이더래. 다음 날 출근해야 하니까 그날 밤 서울로 돌아왔고. 결국 거기까지 가서 머릿속에 그리던 바다는 보지도 못한 셈이야.

나는 조곤조곤 이야기한다. 마치 그것이 내 친구 현주의 애기인 양 꾸며서 말이다. 현주에게는 미안하지만 그렇다고 내 애기라고 실토할 순 없지 않은가.

그럼, 우리가 더 낫네요. 이렇게라도 바다를 본 거니까요.

느끼기에 따라 다른 게 아닐까. 거기까지 먼 걸음 해서 바다를 보면 좋겠지만, 정작 바다 보고 아무런 느낌을 못 받을 수도 있는 거잖아.

이 바다 그림을 보고 진짜 바다라고 생각하면 되는 건가요?

아니, 억지로 그럴 필요는 없지 않을까요.

그가 자꾸 존댓말을 써서 얼결에 나마저 존대를 한다. 다소 높은 의자에 앉아 물장구치듯 발을 교차로 흔든다. 지나는 행인들이 떠드는 왁자한 소리가 희미하게 섞여 웅성웅성 들릴 뿐이다. 그래, 이게 파도 소리라고 생각하자. 잠시 눈을 감아 본다.

우리가 보는 바다를 동대문에 내놓으면 B급일까 C급일까. 분명 A급은 아닐 것이다. 영상으로는 진짜 바다를 고스란히 옮겨 놓은 바다를 만날 수 있다. 그러니 이 정도로 A급은 어림도 없다. 눈앞의 바다 벽화에서 바다를 느낀 것은 어디까지나 대리 만족일 뿐이다. 지금 내가 바다에 갈 수 없으니까.

발을 구르다가 벽에 부딪힌 구두 한 짝이 바닥에 떨어진다. 그가 주우려는 걸 내가 잽싸게 빼앗는다.

신발이 많이 낡았다. 그가 내 손에 들린 검정색 구두를 안쓰럽게 바라본다.

이건 전투화잖아.

응?

지하철 타면 어차피 지근지근 밟히니까, 굳이 좋은 새 구두를 신을 필요가 없거든. 그래서 입사한 후로 늘 이것만 신었어.

우리는 그렇게 가짜 바다 여행을 한 후에 광장을 걷는다. 스산한 바람이 이마에 닿는다. 휴대폰 벨이 울린다. 그가 휴대폰을 들고 멀찍이 떨어진다. 그리고 여기엔 들리지 않을 만큼 작은 소리로 통화를 하고 돌아온다.

집에 일이 생겨서…….

아, 그래요?

자꾸 존댓말과 반말이 섞인다. 무슨 일이냐고 묻고 싶은 것을 걸쭉한 침에 섞어 삼킨다.

스물아홉 연애에는 나름대로의 금기가 있기 때문이다. 그 연애가 결혼을 전제한 것이든 아니든 결정적인 순간까지 지켜야 할 필수적인 사안이다.

이를테면 첫째, 가족 얘기는 삼가도록 한다. (예전에는 남자 친구 가족들과 밥을 먹기도 했다. 헤어지고 나서는 남자 친구보다

가족들과의 관계를 정리하기가 더 어려웠다. 만약 상대가 먼저 가족 얘기를 비치면 재빨리 화제를 바꾼다. 되도록 기분이 상하지 않게 상대에 대해 칭찬이 될 만한 이야기를 선별해 둔다.)

둘째, 싸이월드에 함께 찍은 사진을 올리지 않는다. (예전에는 싸이월드에 남자 친구와 찍은 사진을 주야장천 올렸다. 헤어지고 나서는 그 사진들을 정리하느라 밤을 꼴딱 새우다가 종내에는 폐쇄하기에 이르렀다. 가급적 안 한다고 둘러대거나 만약 공개해야 할 경우 폴더를 따로 만든다. 그런 것이 귀찮으면 싸이월드를 안 하는 게 상책이다.)

셋째, 과분한 선물은 하지 않는다. (예전에는 무리를 해서라도, 카드 할부로라도 정말 어울릴 법한 멋진 선물을 사 줬다. 헤어지고 나서 나머지 할부 금액이 청구될 때마다 헤어진 남자 친구에 대한 증오심이 눈 덩이처럼 커졌다. 아무리 마음에 드는 선물을 발견해도 20만 원이 넘으면 가차 없이 단념한다. 돈에 여유가 있거든 차라리 내 선물을 사서 써 버리거나, 절친한 친구에게 선물하는 게 남는 거다.)

넷째, 사생활을 침범하지 않는다. (예전에는 묘연한 통화 내용을 들으면 바로바로 추궁했다. 헤어지고 나서는 그런 나 자신이 무척이나 초라하게 느껴졌다. 만약에 상대의 행동이 미심쩍거든 비슷한 행동을 하면 그만이다.)

이런 규칙을 정해 놓은 건 바로 나를 위해서다. 잠시 잠깐의 고통은 참아야 한다. 참는 자에게 복이 있어서가 아니다. 훗날 떠안게 될 막중한 책임이나 고통 따위를 진즉에 없애는 거다.

나는 누군가와 사귀기 시작하면 살얼음 낀 육수에 푹 담긴 면발 신세였다. 면발은 살얼음 낀 육수가 자신의 천생연분이라고 착각했다. 하지만 나는, 감정 조절 안 되고 좋으면 좋은 대로 다 퍼 주는 타입. 꼭 그래서만은 아니라고 생각하고 싶지만 그러다 보니 결과는 죄다 꽝이었다. 먼저 지치는 건 상대가 아닌 나였다. 헤어지자고 말을 꺼내는 것도. 그렇다고 이별 후에 아무렇지 않았던 것도 아니다. 이유야 어쨌든 흠뻑 빠져 있던 곳에서 누가 나오고 싶을까. 면발처럼 기다랗고 싶은 내 감정은 아작아작 씹혀 사라지곤 했다. 경미한 상처들이 켜켜이 쌓였다. 거쳐 온 모든 이별들이 나를 점점 쪼그라들게 했다.

그가 손을 흔든다. 내가 그에게, 다음부터는 말 놓아야 돼요! 라고 강요하듯 소리친다. 그에게 들렸을지 모르겠다. 이 수많은 사람들의 소리에서 내 작은 목소리가 들리기나 할까. 그가 광장을 가로질러 인파 사이를 헤집고 지하도 입구로 표표히 들어간다. 그의 뒷모습을 바라보며 까만 공기를 훅 들이마신다.

5
독수리는 어디로 날아갈까

쉬는 토요일 오후.

그가 가슴에 독수리 날개 모양이 찍힌 짙은 초록색 니트를 입고 서 있다.

내가 알기로 독수리 아래 'EA'라고 쓰인 브랜드는 '엠포리오 아르마니'다. 평소 디자인이 괜찮다고 느꼈던 브랜드다. 초록색은 형광에 가까울 정도로 튀고 목 테두리와 독수리는 자줏빛이다.

그의 옷 입는 습관으로 미루어 단언하건대 그가 직접 샀을 리 없다. 그는 평소엔 양복 차림이고 주말엔 폴로나 빈폴 정도다. 그것도 늘 두 가지 정도를 번갈아 입는다. 그만큼 30대 남자의 보편적인 소비 습관을 가졌다고 알고 있었다. 그뿐만 아니라 그는 푸른색이나 무채색 계열을 즐겨 입는다. 도대체 무슨 심기의 변화로 갑자기 터무니없는 고가의 옷을 사 입었을까. 어불성설. 가격으로 보나 색상으로 보나 분명 누군가에게서 받은 옷이 틀림없다.

며칠 전 훔쳐본 '자기야, 오늘 어때?'라는 아리송한 문자와 독수리가 어룽어룽 포개진다.

취향의 문제다.

누군가 나와 비슷한 취향을 가진 사람이 있을 뿐이겠지. 사람을 좋아하는 것이야, 인간의 고유한 권리 아니던가. 헤어진 애인이 사 준 것을 아무 생각 없이 주섬주섬 껴입었을 수도 있고, 흠모하는 대상에게서 받은 것을 흐뭇한 마음으로 입었을 수도 있다. 아니면, 얼결에 어디서 얻었던가.

고가의 파격적인 색상의 니트를 사 주었을 사람과 취향이 같다니 불쑥 불쾌해진다. 자격지심이 개입된 것도 사실이다. 그 어린 여대생이? 어린 데다가 돈까지 많다? 궁지에 몰리는 기분이다. 하지만 속단하지 말자. 수경 씨의 오해였을 수도 있다. 그에게 묻지도 않고 그렇게 단정할 필요는 없다.

그런데 이런 생각들이 머릿속에서 걷히지 않는다. 혹시 다른 누군가도 그의 평범한 프로필이나 여성스러운 성격에 끌린 건 아닐까. 아니면 피겨스케이팅 선수 급 혀끝에 목

매는 건 아닐까. 그도 아니면 아랫도리? 이런 얼토당토않은 유치한 생각을 하며 그의 가슴을 주시한다. 니트 위에서 날개를 쫙 편 독수리가 히죽히죽 웃어 대는 것만 같다. 독수리를 보자 난데없는 용기가 불끈 솟는다. 늘 네 번째 항목이 가장 나를 버겁게 했다. 그래, 까짓것 넷째 항목만 지우면 문제될 게 없다. 상황에 따라 규칙도 조금씩 바뀌어야 한다.

발설의 시점을 정하는 일이 녹록한 건 아니다.

나는 입원한 엄마 대신 안방에 덩그러니 앉아 희끗희끗한 새치를 뽑아 내고 있던 아빠에게 피가 나와요, 라고 말했던 열세 살 때처럼, 자신의 여자 친구가 처녀인 줄 알고 전전긍긍하다가 어렵사리 섹스를 시도한 남자 친구에게 사실 경험 있어, 라고 말했던 스물세 살 때처럼 난감할 따름이다.

그와 내가 연인이 된 지 3개월째다.

이런 시점에, 당신에게 다른 여자가 있다는 거 알아, (물론 추측이다.) 라고 발설하면 어떻게 될까.

결과는 여지없이 세 가지로 압축된다. 첫째, 두말없이 헤어진다. 둘째, 강압적으로라도 그 여자와 헤어지게 한다. 셋째, 알면서도 어쩔 수 없이 만난다. 세 번째 결과만큼은 정말이지, 사양한다. 그러려면 나는 독수리와 사투를 벌여야 할지도 모른다.

  그와 피겨스케이팅을 하는 건 그게 누구든 하나로 족하다. 기왕이면 독수리가 알아서 그의 가슴을 떠나 주는 게 가장 좋은 결말이겠다. 더 끌지 말고 말해야 한다. 연인의 휴대폰을 훔쳐본 값을 감내해야 하므로 혀끝이 씁쓸하다.

  그와 나는 코엑스 안에 있는 서점에서 소설책 두 권을 사서 지하 주차장으로 내려간다. 오렌지 G 라인. 여기 주차장은 워낙 넓고 복잡해서 구석구석 바퀴가 닿지 않은 자리가 많다. 바로 오렌지 라인이 그런 자리다.
  이곳은 시간당 4000원짜리 모텔이나 마찬가지다. 간단히 식사를 하고 디저트를 먹을 때도 있고 생략할 때도 있다. 대략 30분에서 한 시간이 소요된다. 그리고 주차장으로 내려와서 키스와 스킨십을 거쳐 카 섹스를 하는 데 걸리는 시간이 대략 한 시간에서 한 시간 반. 잠깐 눈을 붙일 때도 있다. 그 시간은 30분 정도. 도합 두 시간에서 세 시간 정도의 주차를 하는 셈이다. 주차비는 8000원에서 1만 2000원 정도가 지출된다. 모텔보다 훨씬 저렴한 금액이다.
  하지만 이곳을 무료로 이용할 수 있는 방법도 있다. 바로 책을 사는 것이다. 대학생 때부터 여기를 이용해 왔던 나는 이 서점의 VIP 고객이다. 책을 유달리 많이 샀던 건 아니다.

꾸준히 사면 VIP 고객 혜택을 준다. 내 생애 VIP 고객 대접은 처음이었다. 그런데 하찮게만 생각했던 이 VIP 혜택이 요즘은 내게 아주 유용하게 쓰이고 있다. 바로 무료 주차권이다. 서점에서 책을 한 권만 사면 두 시간짜리 무료 주차권이 나온다. 여태 차가 없어서 해당 사항이 별로 없었는데 이제야 비로소 혜택을 누리게 된 것이다. 그래서 더 열심히 책을 읽었고, 사들였다. 두 시간짜리 무료 주차권을 받기 위해서였다.

나는 눈을 깜빡거리며 차창 밖을 바라보고 있다. 이런 상황을 즐기는 건 아니다. 하지만 20대 후반에 접어들면서부터 고이고이 간직해 온 규칙까지 버리려는 마당이다. 얼마 전 현주가 겪은 사태만 봐도 그렇다. 요즘 양다리는 아무것도 아닐지 모른다. 기호가 하도 다양하니, 그 다양한 입맛을 맞출 수 없어서 불가피하게 양다리를 걸친단다. 하지만 그 유행성 바이러스의 피해자가 되기는 싫은 걸 어쩌랴.

그런데 내가 나의 규칙을 깨야 할 정도로 그를 사랑하는 걸까. 그건 정말이지 의문이다.

자, 그러나 내가 추궁하는 것은 둘째 문제다. 그와 나의 관계가 지속될 것인지 말 것인지는 어디까지나 그의 선택이다. 어떻게 말을 꺼내야 효과적일까. 나 자신도 추해 보이지 않고, 그에게 솔직한 대답을 듣는 법을 궁리한다.

있잖아…….

간신히 말문을 꺼낸 내가 고개를 트는데 그의 혀끝이 내 귓불에 닿아 있다. 따스한 그의 입김이 귓구멍에 스민다. 따뜻한 욕조에 몸을 밀어 넣은 것처럼 온몸이 나른하다. 매끈매끈한 혀끝이 내 귓가에서 목덜미로 미끄러져 스핀을 하다가, 왼쪽 입가에 부드럽게 착지. 그의 혀끝은 시점을 파고드는 리듬감이 탁월하다. 나는 눈을 감아 버린다. 우선은 그의 혀끝과 만나고 싶다. 열세 살 때 피겨스케이팅 선수가 되고 싶었던 것처럼, 내 마음을 헤집는 절대적인 무엇은 있게 마련이다.

끽! 자동차 회전 시 생기는 바퀴와 바닥의 마찰음이 울린다. 그가 바로 입술을 떼며 표정을 정돈하다. 순간, 의자 등받이 그물주머니에 담겨 있던 그의 휴대폰 액정이 녹색 빛을 발사한다. 그는 옆 차의 동향을 살피느라 정신이 팔려서 문자가 온 것조차 모른다. 음악 소리도 한몫한다. 나는 얼른 액정을 본다. 내 소유의 물건이 아니므로 내가 저지를 수 있는 짓은 당연히 보는 것뿐이다. 순식간에 또 다른 문자가 뜬다. 그래서 바로 전에 온 문자는 놓치고 만다.

─자기야, 꼭 올 거지? …진

동그랗게 원을 그리며 말랑말랑해지던 가슴 한 부위가 푹 파인다. 진? 미스코리아 진이라도 되는 걸까? 하지만 너무나 모범적일 만큼 반듯하고, 특색이라곤 찾아볼 수 없는 평범한 그의 얼굴을 보고 있자니 그런 추측이 수그러든다.

순간이다. 온몸이 갑각류의 표피처럼 딱딱해진다. 그렇게 굳어진 가슴이 바늘 끝에 쩍 갈라지는 것만 같다. 애매모호한 문자야 이전에도 몇 번 봤으니 별로 놀라울 일도 아니다. 1217? 그와 휴대폰 뒷자리 숫자가 동일하다는 건 처음 알게 된 사실이다.

일어나자마자 화장대 거울 앞에 얼굴을 들이민다. 잠을 설친 탓에 안색이 초췌하고 피부도 거칠다. 눈 밑에는 거무죽죽한 다크 서클이 소박맞은 여편네처럼 청승맞게 앉았다. 서랍에서 속옷을 챙겨 들고 방문을 연다.

웬일이셔, 일요일 아침부터?

엄마가 놀랍다는 표정을 지으며 약간 비아냥거린다.

자외선 차단제가 함유된 보랏빛 메이크업 베이스를 바른다. 누리끼리한 안색이 다소 균일한 색조로 정돈된다. 드라이기로 머리를 말리고 옷장 깊숙이 틀어박혀 있던 세팅기를 꺼낸다. 언니한테 물려받은 건데 이용법이 어려워서 몇 년째 처박아 둔 것이다.

여전히 손에 익지 않아서 어렵긴 마찬가지다. 세팅기의 열기에 손끝이 뜨끔거려 세팅기를 놓치고 만다. 정말 세상에는 쉬운 게 단 한 가지도 없다. 파우더를 찍어서 분첩으로 얼굴 전체를 두들긴다. 입술에 붉은 틴트를 살짝 찍은 다음 투명 립글로스로 마무리한다. 나는 거울을 응시하고 두 눈을 깜빡여 본다. 그리고 내 이름을 가슴속에서부터 비장하게 불러 본다. 한송이! 이렇게 완벽해 보이고 싶은 적이 있었나? 완벽해 보이고 싶은 상대가 남자가 아니라 여자라는 점이 전혀 반갑지 않다.

그를 만나는 날에도 이 정도로 바짝 긴장해서 고무되진 않았다. 내가 만나는 남자의 또 다른 여자라고 추정되는 여자, 진. 그 여자에게 뒤지고 싶지 않은 승부욕이 치솟는다.

침대 위에 아이보리 색 니트와 청바지를 올려 놓고 그 옆에는 검정색 마르니 원피스를 배열한다. 두 옷을 번갈아 바라보며 고심한다. 청바지에 니트는 내가 평소 입고 다니는 차림이라, 상대로 하여금 의식했다는 점을 숨기기에 좋다. 하지만 너무 평이해서 자칫 상대가 나를 만만하게 볼 수 있다. 검정 원피스는 실루엣이 드러나 여성스러운 느낌을 강조한다. 특별한 장소에 입고 갈 만한 스타일이다. 하지만 검정 원피스를 입고 가는 건 어쩐지 오버다.

선택하지 못하고 망설이는데 엄마가 방으로 들어온다.

애, 넌 엉덩이가 밋밋해서 바지보단 치마가 나아.

아까까지 쌀쌀맞던 엄마의 음성이 사뭇 다정하다. 아무

래도 내가 소개팅이라도 나가는 줄 아는 모양이다. 청개구리 심보가 발동한다. 괜스레 가슴 한구석이 찔려서 그러는 것일 수도 있다. 검정 원피스를 옆으로 쓱 밀어 버린다. 청바지와 목까지 올라오는 아이보리 색 니트를 끄집어 든다.

아까 그 원피스가 낫던데.

엄마가 옆으로 밀려난 원피스를 아쉽게 바라본다.

나는 부츠컷 청바지에 다리를 밀어 넣는다. 내가 세팅기를 풀기 시작하자 엄마가 등 뒤에서 거들어 준다. 엄마의 눈과 내 눈이 동시에 휘둥그레진다. 나는 자연스러운 웨이브를 떠올리고 있었다. 하지만 내 머리카락은 중세 유럽의 파티장에서나 볼 법한, 풍만한 드레스 위에 한껏 구부려 놓은 여자들의 머리처럼 말려 있다. 유치하기 짝이 없어서 못 봐 줄 정도다. 엄마도 당황했는지 입을 반쯤 벌리고 말을 잃었다.

머리가 다 말려지지 않았나 보다.

엄마는 슬그머니 방을 빠져나간다. 나는 재빨리 서랍을 연다. 이대로 갈 수는 없다. 이렇게 추한 꼴로 그 여자를 만나고 싶지 않다. 검정 고무줄을 손가락에 끼고 머리카락을 모두 잡아서 하나로 질끈 묶는다.

진이 만나자고 한 약속 장소는 청담동이다.

진의 휴대폰 번호는 외우기 너무나 쉬웠다. 뒷자리야 그와 같았으니 외우고 자시고 할 것도 없었고, 앞자리도 222로 시작해서 단박에 쏙, 입력됐다.

진은 청담역 2번 출구에서 쭉 나와 스타벅스 앞에서 전화를 달라고 했다. 나는 계단 아래서 2번 출구를 올려다본다. 이대로 돌아간다면 수습 곤란한 사태는 모면할 수 있다. 계단 하나를 오르는데 벌써부터 종아리가 떨린다. 그냥 돌아갈까. 그렇게 생각할수록 계단 위로 발이 천천히 올라붙는다. 내 발이, 내 몸이 하는 일을 내 이성으로 제어할 수 없다. 어젯밤 그와 뒷자리가 동일한 진의 휴대폰 번호를 눌렀던 때처럼 발걸음은 더디다.

계단이 열 칸쯤 남았을까. 등 뒤에서 무척이나 귀에 익은 발자국 소리가 뒤따라온다. 내가 무심결에 몸을 돌리는 순간 뒤에서 올라오던 여자가 방향을 틀어 몸을 돌린다. 여자는 아이보리 색 니트에 부츠컷 청바지를 입고, 브라운 빛깔의 하프 코트를 입고 있다. 머리는 하나로 묶었다. 얼굴은 보이지 않는다. 계단을 내려가는 뒷모습만 보일 뿐이다. 나와 똑같은 뒷모습을 가진 여자. 그런데 저 여자는 왜 방향을 바꾸어 저 아래로 다시 내려가는 것일까. 저게 나일까?

나는 나머지 계단을 마저 올라간다. 평소 나와 같은 차림새를 한 저 여자와 나는 가야 할 방향이 다르기 때문이다.

저 여자는 돌아가서 가까운 친구를 만날 수도 있겠고, 집으로 돌아가 잠을 청할 수도 있겠고, 백화점을 이유 없이 배회하다가 쓸모없는 것을 사들일 수도 있겠고, 어쩌면 어딘가에서 억지로 웃으며 맥주를 들이켤 수도 있겠다. 그러면서 애써 자기 자신을 위로할 수도 있다.

하지만 나머지 계단을 올라가는 나는 다르다. 내게 주어진 대로, 아쉬운 대로, 모른 척 살고 싶지 않다. 어느 부분에서라도 내게 주어진 대로가 아닌 내 선택에 의해 살아가고 싶다. 설령 그게 잘못된 선택이라 하더라도 말이다. 발걸음에 가속이 붙는다. 가슴이 움푹 파인 검정색 마르니 원피스의 치맛자락이 무릎 위에서 살랑살랑 흔들린다.

어머, 그래요? 그럼 우리 내일 만날까요?

진이라는 여자는 흔쾌히 승낙했다. 어젯밤이다. 목소리는 여성스럽고 차분하면서도 발랄했다. 내가 혹시 유진호 씨 아시나요? 라고 물었을 때도 어머, 너무 잘 알죠, 라고 친근하게 응수했다. 만만치 않은 여자라는 감이 왔다.

한편으로는 정말 아무 사이도 아니어서, 그냥 친한 친구나 오누이끼리도 '자기' 뭐 그런 호칭을 쓰기도 하니까, 내가 오해한 것이길 바랐는지도 모른다. 그러면 나는 심각한 의부증 환자로 낙인찍히겠지. 그래도 차라리 의부증 환자가 되는 편이 나았다. 나의 의혹이 사실로 드러나는 것보다는.
 정말이지 진과 만나고 싶지는 않았다. 현주에게 '소갈머리 없는 년'이라고 빈정댔던 일이 떠올랐다. 머리를 쥐어뜯으며 다시금 생각해 봤다. 휴대폰 뒷자리가 같지만 않았어도, 그런 알쏭달쏭한 문자 따위에 내 전부가 흔들리진 않았을 것이다. 예사롭게 넘어갈 수 있는 문제가 아니었다. 진에게 전화를 걸기 전까지도 '1217'이라는 숫자만 머릿속으로 천 번 넘게 썼다 지웠다.
 물론 그에게 이런 사실을 밝히고, 자초지종을 묻는 것이 현명하다는 것은 안다. 아니면 깔끔하게 헤어질 수도 있다. 하지만 그는 내게 진실을 밝히지 않을 게 틀림없었다. 그에 대해서 다 안다고 자만해서가 아니다. 내가 조금이나마 알고 있는 그는 누군가에게 상처를 줄 정도로 솔직한 사람은 못 된다. 또한 진이라는 여자가 수면 위로 떠오르면서 퍽퍽한 가슴에 이상한 오기가 봉긋 솟아올랐다.
 호랑이를 잡으려면 호랑이 굴로 들어가야 한다! 그런데 호랑이는 과연 누구일까. 그일까, 진일까. 그보다는 나 자신일 수도 있다. 아무것도 판단하지 못하고 아무것도 결정할 수 없어서 나의 혼란 속에 갇혀 버린 나. 뻔히 드러난 상황에서도 감정의 끄나풀을 싹둑 자르지 못하는 나.
 ─혹시, 도착했어요? …진

내가 스타벅스 안을 기웃기웃하는데 진에게 문자가 왔다. 나는 주위를 두리번거리다가 답장 버튼을 누른다.

―네, 지금 2번 출구 쪽 스타벅스 앞이에요.

나는 휴대폰 액정을 뚫어져라 보다가도 혹시 낯선 여자가 나타나서 나를 알아볼까 봐 표정을 가다듬는다.

―거기서 쭉 오면 '에코'라는 간판이 보여요. 거기로 들어오면 돼요. 그럼 빨리 와요.^^

눈웃음 이모티콘. 정말 이 상황을 어떻게 받아들여야 할지 모르겠다. 나는 어제 진과의 통화 중에 내가 누구인지를 밝혔다. 저는 유진호 씨와 만나고 있는 사람인데요. 이 정도면 누가 들어도 연인 관계라는 사실을 알 수 있지 않은가. 내가 그렇게 말하자마자 진이 흩뿌린 웃음도 심상치 않다. 꺄르륵, 숨이 살짝 차오를 정도의 밝은 웃음이었다. 혹시 진은 정말로 그와 아무 사이가 아닌 걸까.

에코 간판은 주위의 다른 간판에 비해 눈에 띌 정도로 무척 크다. 나는 1층의 이탈리아 레스토랑 유리에 나를 비추어 옷매무새를 가다듬는다. 그리고 잔머리를 귀 뒤로 깔끔하게 넘긴다. 숨을 한 번 크게 내몰아 쉬고, '한송이'라는 내 이름을 나지막이 불러 본다. 나는 계단으로 내려간다. 입구에서부터 쿵쿵, 현란한 음악 소리가 울린다.

지금은 분명 오후 1시다.

내가 조금 전 거쳐 온 바깥은 오후 1시가 맞았다. 신부의 하얗고 고운 얼굴 같은 햇발이 거리를 비추고 있었다. 그런데 내가 지금 들어선 곳은 도저히 오후 1시를 느낄 수 없으리만치 어두운 바다. 웨이브 음악이 쩌렁쩌렁하게 울려서 귀가 얼얼할 정도다. 어디에서 쏜 것인지도 모를 파랑, 초록 레이저가 빗금을 긋고, 허공에선 파랑, 초록 그물이 어지러이 형성되어 있다. 빛으로 형성된 그물 사이사이 한 손에는 담배를 하나씩 든 사람들이 아무 곳에서나 휘청휘청 춤을 춘다.

이곳은 어디지? 나이트클럽과는 다른 곳이다. 이 시간에는 나이트클럽이 아예 영업도 하지 않을 것이다. 나이트클럽은 대학 졸업 시즌에 친구들과 가 본 게 마지막이었다. 하지만 이런 곳은 분명 아니었다. 바인데, 확실히 다른 그런 느낌이다.

개성 넘치는 독특한 차림새의 사람들이 뒤엉켜 있다. 캐주얼한 청바지 차림이 있는가 하면, 정장 차림도 있고, 어깨 끈이 없는 드레시한 원피스 차림, 힙합…… 그 차림새들의 차이가 두드러질 정도로 일맥상통하지 않은, 불협화음 같은 분위기다.

나는 진을 찾기 위해 주위를 둘러본다. 그중에 단연 돋보이는 건 원더우먼처럼 짧은 코발트블루 실크 원피스를 입은 키가 훤칠한 여자다. 여자는 주위를 둘러싼 남자들과 더러는 팔짱을 끼고 이야기를 나누고 있다. 어깨 밑으로 내려오는 갈색 생머리에, 화장은 음영이 짙고, 다리는 바비 인형과 맞먹을 정도로 길고 날씬하다. 범상치 않은 외모의 여자를 희한하게 바라보고 있는데, 그 여자가 한쪽 눈을 샐쭉하며 나를 향해 손을 든다. 팔도 다리처럼 가늘고 길다.

송이 씨 맞죠?

허벅지가 다 드러나는 짧은 원피스에 금빛 펜디 허리띠. 가까이서 보니 눈두덩에 펄의 강도가 높은 라이트블루 섀도를 떡칠했다. 진은 생각했던 것보다 어리진 않다. 여대생은 무슨? 여대생이 단체로 여행이라도 갔나. 내가 고개를 끄덕이자 진이 내 허리께에 자신의 팔을 두른다.

내가 진이에요!

말이 끝나기가 무섭게 진이, 내 손목을 잡고 사람들 사이를 헤집고 간다.

코트 줘요.

진이 내게 손을 내민다. 큰 음악 소리에 진의 목소리가 자꾸 묻혀서 진이 말할 때마다 나는 진의 입가에 귀를 조금씩 들이민다.

네?

나는 당황스러워서 눈을 크게 뜬다. 무언가 홀린 기분이다. 정신을 바짝 차려야지 안 되겠다.

여기가 물품 보관소예요. 코트 입고 있으면 더우니까 이리 줘요!

진이, 배려 차원에서 아주아주 큰 소리로 내게 말한다.

네!

나도 진과 음량을 맞추어 크게 대답하고는 얼결에 코트를 벗어 진에게 건넨다.

나는 진의 손에 끌려 사람들이 무리 진 곳으로 간다. 그곳에는 헝클어진 긴 머리를 포니테일 스타일로 묶은 남자도 있고, 성장을 한 한 쌍의 남녀, 콧수염을 단 남자, 딱 달라붙는 청바지 위로 빅토리언 시크리트의 빨간 브래지어만 한 여자도 있다. 무슨 예술가 집단인가 보다. 진이 나를 그들에게 소개한다.

여기는 송이 씨, 여기는 내 친구들!

다들 손에 들고 있는 샴페인 잔을 들어 보이며 내게 인사를 한다. 내게 어떤 친구인지, 이곳에 왜 왔는지는 묻지 않는다. 그중에 한 명, 콧수염이 내 귀에서 달랑거리는 작은 링 귀걸이를 만지며, 너무 귀여워요! 잘 어울려요! 라고 오버해서 말한다. 말투로 짐작하건대, 게이인 것 같다.

진이 샴페인 잔을 내게 내민다.

돔 페리뇽이에요. 혹시 이거 좋아해요?

내가 그런 것을 어찌 알겠는가. 술이라고 하면 맥주밖에 모르는 것을. 생맥주, 카스, 하이트, 카프리, 오비, 코로나, 하이네켄, 호가든…… 맥주 이름이라면 또 모르겠다. 샴페인인 것 같은데, 더더군다나 발음하기도 어려운 것을 내가 알 리 없다. 나는 그냥 씩 웃으며 샴페인 잔을 받아 든다.

나는 예의상 샴페인을 입술에 아주 조금 댄다. 톡 쏘는 것이 아주 새콤달콤하다. 나는 단번에 그 맛에 홀려, 한 모금 홀쩍 마신다. 정말 맛있는 술이다. 나는 꿀꺽꿀꺽 잔을 비운 후에 또 한 잔을 들고 온다. 널찍한 테이블 위, 샴페인이 날씬한 잔에 담겨 널려 있다. 무수한 잔들이 조명을 받으며 빛난다.

나는 한쪽 기둥에 짜부라져, 그 맛있는 샴페인을 몇 잔이나 마셔 댄다. 누군가 와서 말을 걸면, 그냥 있는 그대로 대답하면 그만이다. 하지만 이곳에 왜 왔는지는 아무도 묻지 않는다.

벽에 등을 대자 온몸이 쿵쿵거린다. 이건 아니다 싶다가도 취기 때문인지 오묘하게도 기분이 좋아진다. 내가 흡사 이런 곳을 즐겼던 사람인가 싶다. 그때 사람들의 함성이 울린다. 고개를 들어 함성이 몰린 그 중심으로 시선을 옮긴다. 진이 무대 위로 올라가서 요염한 몸짓으로 춤을 추며 내게 윙크를 한다. 올라오라고, 손짓을 한다. 나보고? 갈수록 태산이다. 나는 손사래를 치고는 마저 남은 샴페인을 또 단숨에 들이켠다. 도대체 저 여자는 누구란 말인가!

잠시 후 무대에서 사람들의 부축을 받고 진이 내려온다. 진은 이곳에 있는 사람들을 모두 알고 있는 듯하다. 이 안에 있는 모든 사람들과 대화를 나누느라, 한곳에 정착해 있지 않고 여기저기 흘러 다닌다. 놀이 공원에서 미아가 될까 봐 불안해하는 아이처럼 내 눈은 계속 진을 따라다닌다.

저기요.

내가 진의 등 뒤에서 진을 부른다. 음악 소리 때문인지 진이 못 들은 것 같다.

저기요!

크게 소리 질러 진을 부른다. 진이 입가에 미소를 띠며 돌아본다.

아! 송이 씨!

진이 다가와서 활짝 웃으며 나를 와락 끌어안는다. 담배 냄새에 찌든 진의 머릿결에서 레몬 향이 살짝 스친다.

나는 침대 위에서 얌전한 고양이처럼 몸을 웅크린 채 눈을 뜬다. 머리가 깨지듯 아프다. 어떻게 된 거지? 어제, 생전 처음 맛본 샴페인을 계속 마셨는데. 두 잔, 세 잔, 네 잔,

다섯 잔…… 아, 그 소파가 어디의 소파인지 기억이 나진 않지만 정체 모를 소파에 고꾸라졌을 때 느껴지던 꿉꿉한 느낌! 속이 메스껍다. 침대 밑으로는 원피스가 널브러져 있다.

시계를 본다. 8시 5분. 아직 지각이 아니어서 천만다행이다. 방 안을 둘러보지만 휴대폰은 보이지 않는다. 간신히 몸을 일으킨다. 술기운과 근육통이 함께 일어 몸을 들쑤신다. 어제 들었던 가방에도 코트 주머니에도 휴대폰이 없다. 침대 위에 놓인 이불을 들추어 휴대폰을 발견한 순간, 목덜미를 감싸며 스며드는 불안감이 온몸을 엄습해 온다. 방전된 휴대폰을 급히 충전기에 연결한다. 곧바로 휴대폰을 켜면서 아랫입술을 꽉 깨문다. 삐리리릭. 휴대폰이 켜지자마자 발신 번호를 확인한다. 아니나 다를까. 1217, 1217, 1217, 1217…… 1217. 98개의 발신 기록이 저장된 휴대폰에는 뒷자리 1217인 그의 번호가 98번 연달아 행렬한다. 단 한 번도 연결되지 않은, 1217.

어제 어떻게 집에 돌아왔는지 기억이 나질 않는다. 진이 소개해 준 어린 여대생 보라와 이런저런 얘기들을 주고받으며, 널려 있는 샴페인을 홀짝홀짝 마셨던 것밖에. 그 안에 있던 사람들은 하나같이 다른 차원의 인간들 같았다. 그런데 비슷하게도 그 여대생과 나 둘만 그 분위기에 쉬이 적응하지 못했다. 그래서 그 여대생이랑 샴페인만 진창 마셔

댔다. 그리고 그 안에서 밖으로 나온 기억은 전무하다.

어제 지우지 못하고 남은 화장기만 좀 닦아 내고 대충 옷을 껴입은 채로 나간다. 평소 같으면, 관심도 없을 엄마가 웬일로 내게 꿀물을 건넨다.

웬일이야……

내 목소리는 다 죽어 가는 사람마냥 매가리가 없다. 나는 미지근한 꿀물을 거푸 세 모금 들이켠다. 잠시나마 살 것 같다.

너는, 무슨 애가 술을 그렇게 많이 마시니. 다 큰 여자가 취해서 인사불성이 돼.

엄마가 꾸짖는 투로 말한다.

나, 어제, 어떻게 들어왔어.

나는 여전히 눈을 게슴츠레하게 뜨고 목을 힘없이 뒤로 젖히며 묻는다.

어떻게 오긴, 그 예쁜, 선배라는 언니 분이 데려다 주셨지. 얼마나 고생했겠어. 두 사람을 혼자서 예까지 데려오느라.

두 사람이라니……

화장실에 들어가려다 두 눈이 번쩍 뜨인다.

일어나셨어요.

어디선가 본 듯한, 하지만 잘 알지 못하는 20대 초반께 여자 애가 내게 인사를 한다. 화장기가 없는 뽀얀 얼굴에 울프컷을 한 중성적인 외모의 여자 애다. 누구지? 식탁에 앉아서 무언가를 먹고 있다. 혹시, 하는 순간이다.

어머님, 콩나물국이 정말 맛있어요.

귀에 익은 음성. 어제 '에코'에서 만난 여대생 보라인 것 같다. 그런데 저 애가 왜 우리 집에서 콩나물국을 먹고 있는지 도무지 알 길이 없다. 속에서 날콩나물의 비릿한 냄새가 오른다. 나는 넋이 나간 표정으로 턱을 빼고 그녀를 본다. 검지로 그녀를 힘없이 가리킨다.

네, 맞아요. 어제 만났잖아요.

어제?

그제야 엄마도 조금 놀란 눈치로 나를 본다. 나는 엄마의 손목을 확 낚아채서 안방으로 들어간다.

어떻게 된 거야.

내가 인상을 찌푸리며 작은 음성으로 엄마에게 묻는다.

그거야, 내가 묻고 싶은 거지.

엄마도 목소리를 낮추어 대꾸한다.

아휴.

어제, 그 언니라는 사람이 너랑 저 애를 데리고 왔어. 나는 당연히 네 친구인 줄 알고 네 침대 밑에 자리를 펴서 재웠지. 그리고 아침에 일어나서 가려는 거 보고, 손님 대접은 해야 할 것 같아서 콩나물국 좀 먹으라고 했더니, 너무 맛있다며 먹는 거야. 그게 전부야.

빨리 보내!

사람이 어떻게 그러니?

잘 모르는 사람이잖아.

모르긴, 네가 어제 만나서 같이 놀긴 했다며.

아휴, 몇 마디 주고받은 거야. 술자리에서 만난 거고.

술친구는 뭐 친구 아니라니. 우리 집에 온 손님한테 어떻게 그렇게 야박하게 하니.

아, 몰라, 몰라.

그래, 밥 먹으면 알아서 가겠지.

어제 술자리에서 처음 만난 여자 애를 우리 집에 둔 채로 나가는 게 영 께름칙하다. 하지만 지각을 면하기 위해 터덜터덜 집을 나선다.

6
빨간 트렁크

수경 씨를 멍하니 본다. 수경 씨는 여느 때와 마찬가지로 모니터에 눈을 박고 있다. 수경 씨는 언제 봐도 참 열심이다. 물론 일만 열심히 하는 건 아니다. 회식 자리에서는 상사들에게 잘 보이기 위해 노래도 열심히 부른다. 「찰랑찰랑」이라는 우리 세대와 동떨어진 트로트를, 원색적으로 엉덩이까지 흔들어 대며 부른다. 때로는 테이블에 올라가는 일도 서슴지 않는다. 가히 압도적인 분위기에 과장, 부장, 본부장 할 것 없이 환호한다. 대단한 열성이다. 나는 속으로 그런 수경 씨를 비꼬며 본다. 건조한 날씨 탓에 입술이 텄는지 수경 씨는 입술의 각질을 한 손으로 뜯어내고 있다.

사내 메신저로 그가 말을 걸어온다.

─어제 무슨 일 있었어요?

그가 이렇게 물어 오는 것은 당연하다. 내가 간밤에 적어도 98번 이상의 전화를 해 댔기 때문이다. 그런데 그는 어제의 상황을 전혀 모르는 걸까. 알고 있다면 이렇게 물어 오지는 않을 텐데, 정말 아무것도 모르나 보다.

─아니요.

이 무슨, 생뚱맞은 대답인가. 이렇게 아무런 일도 없는 듯 가장하고 있는 나 자신이 대담하게 느껴진다. 엄청난 사고를 쳐 놓고도 얼굴 한 번 일그러트리지 않고, 거짓부렁을 하고 있다니.

─아침에 조금 놀랐어요.

놀랐겠지. 놀라는 게 당연하다. 그리고 어제의 일을 낱낱이 알게 되면 더더욱 놀라 자빠질 것이다.

─미안해요. 술을 좀 마셨거든요.

엔터 키를 누르자마자 수경 씨가 내 쪽으로 고개를 돌린다. 감쪽같이 메신저 창을 닫는다.

프레젠테이션 준비 잘돼 가?

수경 씨가 묻는다.

응?

어제, 술 마셨어?

응?

술 냄새가 진동해.

응?

나는 무언가에 분명 홀려 있다. 머리와 가슴이 온통 우렁잇속이다.

문자 온 것 같아.

수경 씨가 내 휴대폰을 향해 눈짓을 보내며 말한다. 나는 휴대폰 폴더를 올린다.

―곧 점심시간이죠? 회사 앞에 있는 유림복국에서 해장해요.^^ …세진 언니

유림복국으로 들어가려는데 은빛 렉서스가 내 앞을 가로막고 선다. 나는 조금 비켜서서 유림복국으로 들어간다. 어머! 하는 소리에 몸을 돌린다. 진이 차에서 내리다가 열쇠를 떨어트리며 내는 소리였다.

송이 씨!

나는 진을 보자마자 어리둥절해진다.

샴페인이 마실 땐 한없이 들어가는데 다음 날은 죽을 맛이죠?

진이 살짝 웃는다. 잘 웃는, 웃는 게, 딱 떨어지는 슈트를 입은 것처럼 잘 맞는 여자다. 그 웃음 어린 눈빛엔 나에 대한 적의가 눈곱만치도 느껴지지 않는다.

그런데 내 앞에 앉아 있는 여자가 과연 어제 본 그 진이 맞는 걸까. 톤이 높지 않은 낭창한 음성, 진이 맞는 것 같다. 잠시 헷갈린다. 어제 본 여자는 단연 눈에 띄는 화려한 여자였다. 화려하다고만 말할 수 없다. 개성 넘치는 옷차림에 부러 그런 듯한 천박하리만치 짙은 화장, 그 눈에 말괄량이 같으면서도 밤 호수 같은 눈빛은 다 어디로 휘발된 것일까.

예쁘장하고 몸이 깡마른 건 맞다. 딱히 어딘지 모를 새침한 느낌을 자아내는 이목구비도 맞다. 한 갈래로 낮게 묶은 머리와 목 주위에 둥근 깃이 있는 단추가 세 개 달린 회색 니트, H 라인의 검정색 니트 스커트, 굽 없는 페라가모 단화, 귀 옆으로 꽂은 나선 모양의 머리핀, 귓불에 딱 붙어 있는 귀걸이. 이 모든 게 어젯밤의 진과 포개져서 도무지 갈피를 잡을 수 없게 만든다.

어제 본 진은 아무렇게나 휘갈겨 쓴 글씨체였다. 지금 진은 강남 길거리 어디에서나 쉽게 볼 수 있는 여자들처럼 단정하고 지루한 명조체 같다.

어제, 송이 씨 보고 너무 마음에 들었어요.

진이 화장기 없는 청순해 보이기까지 하는 얼굴로 해사하게 웃는다.

네…….

나는 복이며, 콩나물, 미나리 같은 건더기는 입에 대지도 못하고 국물만 조금씩 뜬다. 오한이 들어 온몸에 힘이 없다. 만화영화 「하울의 움직이는 성」의 소피처럼 단숨에 일흔 살을 먹는, 저주에 걸린 기분이다. 고개를 주억거리다가 보니, 이상야릇해서 냉큼 정신을 차린다.

저기요…… 저기, 누구시죠?

나요?

진이 검지를 턱밑에 갖다 대며 눈을 치뜬다. 눈가에 얇고 미세한 주름들이 도드라진다. 도저히 나이를 가늠할 수 없다. 어제 봤을 때는 나와 비슷한 또래거나 많아도 두세 살 많아 보인다고 생각했는데 오늘 보니까 그보다는 더 많아 보이기도 한다.

송이 씨가 생각하는 그 사람이겠죠.

수수께끼처럼 모호한 대답을 하는 진.

나는 단호하지만 감정을 최대한 누른 동작으로 숟가락을 내려놓는다. 그리고 허벅지 위에 공손히 손을 모아 올린다.

저기요, 이렇게 말하면 실례가 될지 모르지만, 저 어제 좀 당황했어요.

왜요?

진이 고개를 갸웃하며 나를 본다.

솔직히 저는 어제, 지, 진.

세진요.

네, 세진······.

뭐라고 호칭해야 할지 몰라서 곤혹스럽다.

언니라고 불러요.

진이 친근하게 웃어 보이며 말한다. 그 웃는 얼굴을 보니 내부에서 희끄무레한 서글픔이 몽글몽글 피어오른다. 속쌍꺼풀이 있는 긴 반달눈에서 다름 아닌 그를 보고 있기 때문이다. 낯선 여자에게서 내가 만나는 남자를 느끼는 것만큼 비참하고 슬픈 일이 또 있을까. 코끝이 시큰해진다. 나는 잠시 진의 눈을 외면해 버린다.

네, 세진, 언니, 그러니까, 어제 전 언니를 뵈러 거기까지 간 거였는데요.

우리, 어제 본 거 아니에요?

본 건, 맞죠. 하지만 본질적으로 저는 둘이 만나서 할 얘기가 있었기 때문에 간 거였어요.

차갑고 건조하게 응수한다.

본질에서 어긋났다고요?

네.

나는 시선을 진의 턱에 댄다. 화장을 지운 진의 눈을 보고 있노라면 자꾸 그의 눈이 떠올라서 불편할 따름이다.

송이 씨 이름요. '송이'인가요, 외자로 '송'인가요?

네?

아니, 좀 궁금해서요.

송, 이, 인데요.

송이 씨랑 참 어울리는 이름이네요.

내가 왜 이런 얘기나 하고 있는 걸까. 진과 얘기를 하다 보면 무언가에 휩쓸리는 기분이 든다. 나긋나긋하면서도 부드러운 어감 때문이지 싶다. 그것마저도 그와 남매처럼 닮은 부분이다.

송이 씨. 우선은, 어제 우리는 단둘이 만나자는 말을 따로 하지 않았죠. 난 어제 그 파티를 주관했고, 송이 씨가 만나자고 해서 송이 씨가 그곳에 와도 무리가 없을 거라고 판단했어요. 혹시 기분이 나빴다면 정말 미안해요.

진은 또다시 고개를 갸웃하며 최대한 예의를 갖춰 말한다. 고개를 갸웃하는 건 아마도 버릇인가 보다.

뭐, 미안할 것까진 없어요. 따지고 보면 저도 어제 그곳에서 공짜로 샴페인을 많이 마셨으니까요.

그래요? 그럼 다행이네요.

진이 이빨을 드러내며 환하게 웃는다.

카운터 뒤에 있는 둥근 시계를 보니 점심시간이 10분도 안 남았다.

흠흠, 저, 이건 꼭 물어봐야 할 것 같은데, 결국 어제 거기 간 것도 이것 때문이니까……

내가 머뭇거리는 사이.

진호랑 무슨 사이냐고요?

또 갸웃하는 진.

네.

나는 침착하게 고개를 끄덕이며 진의 눈을 응시한다. 무슨 대답이든 들으려면 최소한 눈은 봐야 할 것이다. 내가 계속 턱만 보고 있으면 진도 미끄덩하게 말을 피해 갈 것이다.

친구라고 할 수도 있고, 연인이라고 할 수도 있겠죠.

그렇게 얼렁뚱땅 넘어가는 말을 듣자고 내가 어제 그곳까지 간 것도 아니고, 여기 앉아 있는 것도 아니다. 나는 다시금 흠흠, 목소리를 가다듬고 진의 눈에 내 눈을 맞춘다. 그리고 조금 더 진지한 눈빛을 보낸다.

정확히 어떤 사이죠? 그러니까 연인 사이를 부정하진 않는 건가요?

허벅지 위에 다소곳이 올려 둔 손이 부들부들 떨린다.

침착해야 한다. 침착해야 한다. 이럴 때일수록 이성을 찾고 침착해야 한다. 나는 몇 시간째 같은 말만 쳇바퀴 돌리고 있다. 내가 만나고 있는 남자의 또 다른 연인으로 추정되는 여자에게서 확답을 얻은 것이나 다름없다. 모호하게 흘리긴 했지만 부정하지 않았다는 건 곧 그와 진이 연인 관계라는 것이다. 이젠 의심하고 말고 할 문제의 차원을 멀찍이 벗어났다.

어쩌지? 당장이라도 상품개발팀으로 달려가 그의 멱살을 잡고 나와 뺨이라도 한 대 쳐야 하나? 아니면 쓰레기통에 물을 가득 담아 침을 퉤퉤, 뱉어 확 뿌려 주고 와야 하나? 이것도 좋겠다. 묵직한 쇳덩어리를 구해다가 주차장에 있는 그의 차에 가서 차를 깡통 찌그러뜨리듯 부수는 거다. 응징할 방법들이 날렵하게 뇌리에 쌓인다.

송이 씨, 왜 그래?
수경 씨가 걱정스러운 눈빛으로 묻는다.
응?
송이 씨 지금 이상해.
어, 아니야.
낯빛이 창백해.
어, 아니야. 괜찮아.
주체할 수 없게 어금니가 달그락달그락 떨린다.

어제 한잔 걸쳤어?
본부장이 금빛 안경테 위로 눈을 치뜨며 말한다. 어차피 숨에 섞여 술 냄새가 나오는 건 당연지사다. 나는 대답 없이 고개를 떨어트린다.

송이 씨, 프레젠테이션 접어요.

네?

본부장은 마치, 먹는 게 영 시원치 않으니 그만 먹으라고 나무라는 엄마처럼 일상적인 말투로 말한다.

한송이 씨. 천안 지점으로 발령 났어.

차갑고 담담한 목소리가 뭉치가 되어 술 냄새 진동하는 입속에 컥, 물리는 것 같다.

네?

나는 예상치 못한 소리에 번쩍 고개를 든다.

천안이라뇨?

내가 이 회사에 입사해서 이렇게 목소리를 돋운 적이 있었나? 아마도 처음일 것이다.

송이 씨, 3년 동안 제출한 기획안 중에 건진 거 하나도 없었던 거 알지? 본사 각 부서에서 지점으로 한 명씩 발령을 내기로 했어. 내가 보기엔 한송이 씨는 머리 쓰는 일보다 몸으로 부딪치는 일이 더 적성에 맞겠다 싶어 결정했어. 다음 주부로 천안 지점에 출근하게 될 테니까, 준비해.

나는 단 한마디도 대답하지 못하고 자리로 돌아온다. 할 말이야 목구멍에서 터지기 일보 직전이다. 말이 좋아서 지점 발령이지, 이건 나가라는 소리나 마찬가지가 아닌가. 천안이라니. 벌써 낌새를 차린 수경 씨가 자판기 커피를 한

잔 뽑아 들고 온다.

마셔.

수경 씨의 목소리를 들으니 내가 얼마나 측은한 상황에 몰렸는지가 적나라하게 느껴진다. 나는 종이컵을 손등으로 쓱 밀어내고 마우스를 잡는다.

괜찮아?

수경 씨가 진심으로 걱정하며 묻는다.

응. 괜찮아.

나는 괜찮다는 듯, 애써 입술에 선웃음을 물고 있다. 차마 수경 씨의 얼굴을 정면으로 보기가 힘들다. 그때 문자가 온다.

―오늘 저녁 추어탕 어때요?

그다. 아무것도 모르는 그는 평소처럼 내게 추어탕이나 먹자고 한다. 나는 1217이 찍힌 그의 번호를 가만 쳐다본다. 그리고 문자를 삭제한 후 저장 목록에서 그의 휴대폰 번호도 바로 삭제한다. '미꾸라지'라는 애칭을 붙였던 그의 번호가 휴대폰 액정에서 포르릉 날아간다.

나는 인터넷에서 본 빨간 트렁크를 육안으로 확인하기 위해 백화점에 왔다. 1층에서 꼭 필요하지도 않은 비디비치 색조 화장품을 몇 개 산다. 오늘 내게 아무 일도 없었던 것처럼 색조 화장품이 옹기종기 들어 있는 쇼핑백을 달랑거리며 걷는다. 그리고 여행용 트렁크를 판매하는 층으로 올라가 샘소나이트 매장에 들어간다. 동대문이나 인터넷 홈쇼핑에서 더 저렴한 녀석을 살 수도 있었다. 하지만 이런 날, 내 애인이 다른 여자를 만나고 있다는 사실을 알게 되고, 회사에서 밀려난 날. 꼼꼼히 차익을 계산해 보고 싶은 마음은 들지 않는다.

녀석이 눈에 확 띈다. 색깔이나 디자인이나 크기 모두, 내내 머릿속으로 그려 왔던 것이다.

이례적으로 현금을 내어 계산한다. 이제 곧 나와 함께 여행을 떠날 빨간 트렁크를 조금 오랫동안 바라본다. 얼마나 기다렸던 여행인가. 해외여행을 떠날 수만 있다면 나는 아무것도 바라지 않을 작정이었다. 연차도 차곡차곡 적립해두지 않았던가. 정말 이날이 오기만을 손꼽아 기다렸다. 그런데 바로 오늘, 나는 뜻밖의 악재도 함께 받았다.

애초에 빨간 트렁크는, 예정된 기쁜 소식이었다. 그 예정된 소식이 또 다른 소식을 동반할 줄은 전혀 몰랐다. 그것도 두 가지씩이나! 빨간 트렁크를 끌고 마냥 즐거워하며 떠나리라 믿었던 여행은, 시련을 달래기 위한 여행이 될지도 모르겠다.

크게 절망하지 않은 건, 내게 빨간 트렁크가 생겼기 때문이다. 그런데 빨간 트렁크를 봐도 기쁘지 않다. 기쁨과 슬픔은 같은 역에 도착한다. 나는 그곳에서 기다릴 줄 밖에 몰라서, 그곳에 서 있을 수밖에 없었다. 한 발짝만 떼어 돌아서면 슬픔만 연달아 만날 수도 있다는 두려움 때문이었다. 그러고 보니 어쩔 수 없이 기쁨과 슬픔을 같이 만나게 되었다. 기쁨과 슬픔은 동전의 양면처럼, 빛과 그림자처럼 '한 송이'라는 역에 함께 도착했다.

술은 필요 없다. 어제 마신 술기운으로도 충분하다. 한동안 잠을 설쳐 몸이 고단할 뿐이다. 그 누구도 만나고 싶지 않고, 그 누구와도 얘기하고 싶지 않다. 내 몸속을 꽉 채우던 피가 한꺼번에 빠져나가 거죽만 남은 기분이다. 아무것도 남지 않았다고 생각하자 눈에 보이는 것들을 다 부숴 버리고 싶은 충동이 든다. 아니, 그럴 여력도 없다. 거죽만 남은 몸을 주먹만 하게 둘둘 말아서 어디론가 휙 던져 버리고 싶다.

신발을 벗고 거실에 들어선다.

다녀왔어요?

나는 미간을 힘주어 좁히고 소파 쪽을 향해 표독스러운 눈길을 보낸다. 소파에 보라와 엄마가 나란히 앉아 있다. 이번엔 엄마가 내 손목을 낚아채서 안방으로 끌고 들어간다.

재, 왜 안 갔어?

엄마는 내 목소리가 방 밖으로 흘러 나갈까 우려하며 검지를 세워 입술에 댄다.

정말 재밌는 애더구나.

왜 안 보냈냐고!

내가 버럭 소리를 지른다. 엄마가 손으로 내 입을 틀어막는다. 몸속 깊은 곳에서 응어리진 여러 감정들이 첨탑처럼 솟구쳐 오른다.

좋은 애야. 네가 몰라서 그렇지.

쟤가 누군지 엄마가 어떻게 알아. 재밌는 애라고? 좋은 애라고? 그걸 엄마가 어떻게 알아. 쟤가 도둑년인지, 사기꾼인지 확인해 봤어? 생판 모르는 애 말만 믿고 어떻게 아냐고!

나는 또다시 핏대를 세워 소리를 지른다. 엄마가 곤혹스러워하며 인상을 찌푸린다.

얘가, 뭘 잘못 먹었나. 왜 이렇게 법석을 떨고 그래.

'별 다방'이나 '콩 다방'에서 보낼 수 없는 시간이 있다. 어떤 시련이나 슬픔을 공유하기에 그곳들의 의자는 너무 딱딱하다.

현주도 아직 상태가 그렇겠거니와, 나 또한 딱딱한 의자에 앉아서 가슴속부터 밀물 치는 감정들을 다 받아 낼 자신이 없었다. 그래서 내가 우리 집에 가서 맥주나 한잔할까? 하고 제안을 했고 오는 길에 통닭 한 마리를 포장해서 사 들고 왔다.

나는 밥상을 들고 방으로 들어간다. 싱글 침대 옆으론 현주와 내가 밥상을 두고 앉을, 딱 그만큼의 자리가 있다. 현주가 상자에 묶인 노란 고무줄을 빼고 통닭 상자를 연다. 무척이나 에로틱한 척하면서 손가락 끝을 빤다.

넌, 왜 눈 밑이 팬더가 됐냐.

검게 낀 다크 서클을 보고 하는 말이다. 맥주 캔을 따고 닭 다리 하나를 손으로 집는다.

나는 일방적으로 그와의 연락을 끊은 상태다. 나한테 이럴 수 있느냐고 따지고도 싶고, 왕창 욕이라도 퍼붓고 싶다. 하지만 시간이 한 보쯤 흘렀을 때 그런 나 자신을 보는 것도 싫다. 그래서 내가 진정될 때까지 기다리고 있는 중이다.

현주가 닭 다리를 들고 입에 물기 전에 입을 뗀다.

또 차였어?

현주는 나에 관해선 귀신처럼 알아차린다. 함께 거쳐 온 시간을 어찌 속일까. 돗자리를 펴 줘도 되겠다. 그런데 내가 차인 걸까. 이런 경우는 뭐라고 해야 할까.

누군가와 사랑에 빠지고 몸과 마음을 나누고. 결국은 그런 모든 것들이 나의 살점이 되고, 다시 또 그 살점을 떼어내는 순간들. 나는 점점 더 겉으로는 초연하고 담담한 사람이 되어 가는지 모른다. 하지만 나의 내부는 기린 꼬리에 달린 털처럼 변하고 있었다. 멀리서 보았을 땐 부드러운 털의 감촉을 짐작하지만, 만지면 철사처럼 단단하고 뾰족하고 예민한 기린 꼬리털.

아냐, 그냥 헤어졌어.

이유가 있을 거 아냐.

현주가 집요하게 캐묻는다. 뭔가 미심쩍다는 눈초리를 보낸다.

뭐, 성격 차이도 있고, 여러 가지 상황도 그렇고.

쳇, 고상하게 지랄하네.

나는 거짓말하다가 들킨 사람들이 으레 그렇듯 화제를 바꾼다.

역시 맥주에는 통닭이야.

그 사람이랑 잘 맞는다며.

그냥 넘어갈 현주가 아니다. 내게 일침을 가한다. 잘 맞는다? 내가 현주에게 무슨 얘기를 했는지 기억이 나질 않는다. 잘 맞는다, 라는 그 말이 어디서 비롯된 것인지 알 수 없다. 나는 딴청을 부리며 맥주를 한 모금 마신다.

캬아, 내가 언제.

서둘러 둘러댄다.

모든 게 아주 착착 맞는다며.

아, 몰라. 다 귀찮아졌어.

내가 퉁명스럽게 대꾸한다.

그냥 만나.

네가 뭔데 이래라 저래라 하냐. 그건 어디까지나 내 선택 아냐?

머릿속은 복작복작, 뒤얽히고 짜증이 인다.

선택? 무슨 선택? 너를 다치지 않게 하기 위한 방어적 선택? 남들 시선에 꿰어 맞춘, 네가 아닌 너의 선택?

야, 말 함부로 하지 마.

나는 너덜너덜하게 살점이 남아 있는 닭 다리 뼈를 상자 안으로 사정없이 내던진다. 닭 다리에 입힌 튀김 가루가 턱 밑에 튄다.

만날 수 있을 때 만나야 하는 거 아니겠어. 세상에 못 만날 만큼 대수로운 일이 있니?

현주가 자신의 옷소매로 내 턱 밑을 닦아 주며 말한다. 나는 화가 치민다. 결국 현주도 누군가와 만나지 못하고 헤어진 것이 아닌가. 다른 여자가 있다는 사실을 알고, 그 동네까지 찾아가서 온갖 난리를 부리고, 이렇게 헤어진 것 아닌가. 끼리끼리 논다더니 정말이지 동병상련이다. 그런데 나는 왜, 현주에게 그 말을 하지 못하는 걸까. 우리, 같은 처지라고 눈물을 글썽이지 못하는 건지. 이제 우리에게도 비밀이라는 게 생긴 걸까. 지금껏 그런 게 없었는데 말이다.

그건 너도 마찬가지 아니야? 더 이상 만날 수 없다며!

차마 이 말은 하고 싶지 않았는데 도저히 참을 수가 없어서 튀어나오고야 만다.

사실이야. 만날 수가 없어서.

그러면서 어떻게 그렇게 말할 수 있어.

달라. 나는 만날 수 없는 거고 넌 만날 수도 있는 거니까.

이 무슨 해괴한 말인가. 현주를 멀뚱히 바라본다.

오빠가 더 이상 나를 만나지 못하겠다고 했거든.

이건, 예상 범위를 벗어난 얘기다. 현주가 아니라 재훈 오빠가 만나지 못하겠다고 말했다고? 말도 안 된다. 현주는 외모, 성격, 학벌, 집안, 그런 세속적인 것들로만 따져도 그렇지만, 연애도 잘하는 애다. 믿을 수 없다.

너를 선택하지 않았다고?

그게, 좀 달라. 내가 그냥 그 여자도 나도 다 만나라고 했거든.

…….

졸지 마. 야, 한송이. 넌 눈에 보통 몇 가지 색깔의 새도를 바르냐?

현주가 이 상황과 어울리지 않는 엉뚱한 질문을 한다.

나, 나? 난 보통…… 세 가지.

왜?

내 눈이 작은 편이잖아. 그러니까 그런 결핍을 보완하기 위해서 세 가지 색을 섞어 바르지.

그렇지? 모든 사람은 결핍이 있잖아. 그런데 왜 그 결핍을 보완하기 위해 섀도는 세 가지를 바르면서 여러 사랑을 함께하면 안 된다고 강요하는 거지? 왜 꼭 한 사람이, 한 사람을 다 채울 수 있다고 자만하는 거지? 사실 그럴 수 없잖아. 내가 미처 채울 수 없는 부분, 다른 사람이 대신 채워주면 어때서? 난 상관없다고 했어. 누구를 만나든 말든. 솔직히 말해서, 여럿 사랑하는 게 전혀 가능성 없는 일은 아니잖아? 왜, 여행은 여기저기 다니면서, 옷은 이것저것 입으면서, 책도 이 책 저 책 읽고 싶은 거 읽으면서, 음식도 한 가지만 먹으면 입에 물린다고 난리면서, 그런 게 사람의 욕망이란 걸 뻔히 알면서, 두 사람을 사랑하는 것만큼은 절대 안 되는 건지, 왜 그게 용납되지 않는 건지, 정말 모르겠더라고. 그래서 난 괜찮다고 그랬어. 정말 괜찮다고. 그런데 오빠가 싫다고 그러더라. 나를 사랑했지만, 그 여자에게 더 이상 상처를 주긴 싫대.

나는 현주의 이야기를 들으며 어금니로 닭고기 살점을

씹고 있다.

……..

그래서, 그냥 알았다고, 잘되길 바란다고 했어. 그렇게밖에 할 수 없잖아.

계속 그의 전화를 받지 않았다. 문자도 수차례 왔지만 바로바로 삭제했다. 결국엔 그가 음성을 남겼다.

송이 씨 얘기 들었어요. 그런데 섭섭하네요. 그런 일 있다고 내 전화까지 안 받으면 어떡해요. 음성 듣는 대로 꼭 전화 줘요.

머릿속이 정리되지 않았다. 지금 내게 닥친 일들이 장기 연체된 비디오처럼 무겁고 짐스러웠다. 이 상황을 몰래 수거함 같은 곳에 쑥 밀어 넣고 서둘러 발길을 돌리고 싶었다. 발길을 돌린 비디오 가게 앞은 인적 없는 밤이었으면 좋겠다. 아무도 내 얼굴에 드리워진 표정을 보지 못하도록.

회사에는 지점 발령을 받은 다음 날에도 나갔다. 그리고 그다음 날도 출근했다. 천안 지점으로 출근하기 전까지 꼬박꼬박 회사에 나갔다. 그리고 마지막 토요일, 사직서를 제출했다. 어차피 그런 의도로 좌천시킨 것이니 굳이 남아 있고 싶지 않았다. 천안이라니 출퇴근은 언감생심이었다. 동료들이 KTX가 있으니 힘내라고 했지만, 교통비를 쓰고 나면 정말 호두과자만 먹고살아야 할 판이었다. 연고도 없는 곳에서 혼자 다시 시작해야 한다고 생각하니 눈앞이 깜깜했다.

처음 며칠은 그랬다. 이 모든 상황이 버티기 힘들었다. 그도, 회사도, 다 나를 저버린 것이라고 생각했다. 배신감을 연타로 맞다 보니, 모든 게 엉망이었다. 왜 내게 이런 일이 생긴 건지, 왜 이렇게밖에 안 된 건지, 나라는 인간이 왜 요 모양인지, 분노만 꾸역꾸역 차올랐다.

엄마는 그와의 관계를 몰랐으므로 회사에 사표 낸 것만 며칠 뒤 알게 됐다. 내 감정이 조금 완화되었을 때 엄마가 말했다.

잘됐어. 이제 드디어 네가 하고 싶은 일을 시작할 기회가 온 거야. 만약 이런 일이 생기지 않았다면, 넌 그 일이 네가 원했던 게 아닌데도 끝내 그 자리를 벗어나지 못했을 거야. 난 이게 너한테 기회라고 생각해.

때때로 엄마는, 처음엔 선뜻 공감할 수 없는 말을 한다. 말이야 바른말이라 하더라도 현실감이 없는 말들이다.

엄마의 말 때문만은 아니었다. 시간이 지나고 나니 조금씩 마음이 가라앉았다. 그리고 한편으로는 잘된 일이라는 생각까지 들기 시작했다. 하지만 이제 와서 무엇을 시작한담? 내가 생각해도 참 어리석은 인간의 전형이었다. 그래서 우선은 쉬기로 했다. 쉬면서 머리도 정리하고 내가 무엇을 하고 싶은지, 앞으로의 진로에 대해 생각해 보기로.

다행히도 곧 여행을 갈 만한 형편은 됐다. 그래, 여행을 가는 것이다. 손꼽아 기다렸던 해외여행을.

택시에 빨간 트렁크를 낑낑대고 싣는다. 트렁크의 무게는 해외여행 처음 가는 사람의 촌스러움을 고스란히 싣고 있다. 간추린다고 간추렸는데도 여전히 벅찰 정도로 무겁다.

엄마가 배웅 나와서 돌아오지 말거라, 하며 난데없는 말을 하고는 웃는다. 언니는 옆에서 면세점에서 사야 할 것들을 재차 입력해 준다. 나는 차창을 내려 손을 흔들며 기념품 꼭 사 올게, 라고 동문서답을 한다.

택시는 올림픽대로로 빠져나간다. 일요일 저녁, 올림픽대로는 한산하다. 시원하게 뚫린 올림픽대로를 달리니 가슴이 트인다. 한남대교 위로 몇 대의 자동차들이 지나가고 있다. 손을 뻗어 그것을 손끝으로 잡는 시늉을 한다. 딱 지우개만 한 크기다. 저 크기에서 내가 키스를 하고 섹스를 하고 잠을 자기도 하고 영화를 보고 사랑의 밀어들을 나누었다는 게 새삼스럽다.

한강 물결에는 주홍빛이 가래떡처럼 사선으로 드리워져 있다. 한강 변 가로등에서 일제히 뻗어 나온 빛이다. 그 빛은 북단에서 남단까지 닿아 있다. 물결의 흔들림에 주홍빛도 덩달아 흔들린다. 총총 서 있는 가로등 불빛. 건물이나 아파트, 한강 주변을 에워싼 크고 작은 모든 빛들이 수다스럽게 빛난다.

사람들은 왜 별을 그리워하며 노래할까. 이 도시가 별빛을 잃었다고 한탄하는 사람들은 이 도시 어디에서나 만날 수 있을 것이다. 내가 이 도시에서 태어나서일까, 자라서일까. 사실 나는 별에 대한 그리움이 별로 없다.

별에 대한 특별한 기억이 있다면, 그건 실망스러울 뿐이다. 열두 살 때인가, 산수 시험 성적이 엉망으로 나왔다. 반타작도 안 되는 점수에 나는 겁부터 먹었다. 집에 가면 가차 없이 혼날 게 뻔했다. 나는 현주의 시험지를 빌려 이름을 바꾸어 썼다. 그런데 그 위조가 어설퍼서 눈에 다 드러났다. 엄마에게 시험지를 보여 주었다가 들킨 날이었다. 종아리가 시퍼렇게 멍이 들도록 매를 맞았다. 그뿐만 아니라 죄를 인정하지 않은 벌로 쫓겨났다. 오밤중에 갈 곳이라곤 놀이터뿐이었다. 엄마에게 사정하며 빌지 않은 것을 보면, 나도 어지간히 고집이 셌다.

텅 빈 놀이터. 그네에 앉아서 발을 구르다 보니 나 자신이 사무치게 가여웠다. 잘못은 내가 해 놓고 괜히 엄마가 미웠다. 가여운 나 자신을 보듬으며 밤하늘을 올려다봤을 때, 별 몇 개가 빛을 죽인 채 까만 하늘에 점처럼 박혀 있었다. 마침 언니가 나를 찾으러 나왔다가 옆에 있는 그네에 앉았다. 순간 유독 크고 선명한 빛이 번쩍번쩍했다. 신기할 정도로 유난히 빛나는 별 하나. 눈물을 그렁그렁 매달고 밤하늘의 별빛을 보면서 언니에게 말했다.

언니, 저기 저 별 좀 봐. 정말 크고 아름답지 않아?
울먹이며 손가락으로 그 별을 가리켰다.
저건 인공위성이야.
언니가 알은체하며 대답했다. 당시 나보다 두 살 많은 언니의 말은 진리였다. 나는 당혹스러워서, 그리고 머쓱해서 고개를 떨어트렸다. 나중에 커서 안 거지만, 언니가 나보다 나이가 많다고 전부 진실만 말했던 건 아니다.

내게는 별빛보다 저 가로등 불빛이 더 친근하다. 그리고 때때로 크나큰 위로가 된다.

별은 너무 멀리 있지 않은가. 나는 천문학자가 아니기 때문에 별들이 가진 사연을 알지 못한다. 창을 내려 본다. 바람이 차고 들어와 얼굴에 스민다. 건물과 건물 사이를 타고 한강을 타고 차와 차 사이로 지나던 바람은 차고 건조하다. 그 매캐한 바람을 한껏 들이마신다.

저 멀리 있는 순수한 빛을 동경하는 것만이 사랑일까. 현주의 말이 떠오른다. 사랑 또한 각자 다른 방식으로 하는 것이 뭐가 이상해.

  희귀해진 별빛보다 넘치고 넘치는 이 인공적인 빛이, 내가 낸 세금의 일부로 빛나고 있는 저 빛이 소중하게 느껴진다. 닮은 듯 다르고 다른 듯 닮아 있는 도시의 무수한 불빛은 사라지지 않을 것이다. 사라진다면 새로운 또 하나가 그 자리를 어김없이 채울 것이다. 이 도시에서 살아가는 사람들 모두가 자기만의 빛을 갖고 다른 색깔, 다른 냄새를 뿜으며 살고 있지 않은가. 나는 그 속에서 살아 내야만 한다. 그런데 저 인공적인 빛들 중에서 내 빛은 어느 자리를 갖게 될까.

  달큰한 불빛이 눈앞에 어른진다. 언젠가는 저마다 하나씩의 이야기를 가진 저 불빛 중 하나가 내 옷깃을 스칠 것이며, 혹은 만날 것이다.

  주홍빛 강물에 유람선이 지나고 멀찍이 남산 타워가 보인다. 그러고 보니, 그와 남산 타워에 가 보자고 약속한 일이 떠오른다.

  나는 고향이 서울인데도 남산 타워에 가 본 적이 없다. 이 도시의 상징적인 곳을 나는 경험하지 못했다. 남산 타워로 가는 길이 운치 있고 좋다는 말은 여러 번 들었다. 사랑하는 연인과 함께 걸으면 더 좋다는 얘기도 들었다. 하지만 남산 타워가 가까운 곳에 있어서 늘 다음으로 미루어 왔다.

남산 타워는 오늘도, 내일도 마음만 먹으면 갈 수 있는 곳이라 생각했기 때문이다.

이 도시의 중심인 저것이 늘 곁에서 움직이지 않고 떠나지 않은 탓일까. 그래, 내가 어디 다른 지방에 사는 사람이었다면, 이 도시에서 저것을 가장 먼저 찾았을지도 모른다.

고개를 돌려 멀어져 가는 남산 타워를 본다. 그와 남산 타워에 가 보자고 약속한 건 어디까지나 내 입에서 튀어나온 마음에도 없는 소리 때문이었다. 남자 친구가 생기면 가장 가 보고 싶은 곳이 어딘지 그가 물었을 때다. 그의 등 뒤에 있는 남산 타워를 보고 즉흥적으로 그곳에 가 보고 싶다고 말했다. 그때부터 그의 표정이나 행동이 살가워졌다. 그리고 우리는 키스를 했다. 이 모든 일이 아주 사소한 거짓말에서부터 시작된 것일까? 거짓말은 그렇게 날개를 달고 다른 곳으로 날아간다. 그리고 지금껏 나는 남산 타워에 가보지 않았다.

아저씨, 택시 돌려 주세요!

7
유턴하기 좋은 나이

보라가 포장 족발을 사 들고 우리 집 초인종을 눌렀다. 엄마가 족발을 좋아한다는 걸 알고 일부러 준비해 온 것이 틀림없다. 보라의 손에 들린 검은색 봉지. 크리스마스이브에 어울리는 음식이 아니란 생각 때문에 봉지가 허접해 보인다.

어머, 보라구나!

엄마는 신나서 보라를 반긴다. 마치 유학 갔다가 돌아온 자식 맞듯, 군대에서 휴가 나온 자식 맞듯 현관까지 헐레벌떡 뛰어나간다. 금의환향이 따로 없다.

어머님, 잘 지내셨어요?

깍듯이 인사하는 보라.

그럼, 그럼. 안 그래도 보고 싶었는데 마침 잘 왔네.

엄마가 보라의 어깨를 다독다독 쓰다듬는다. 내 어깨를 저렇게 쓰다듬어 준 게 언제인지 모르겠다. 내가 갓난쟁이였을 때나 그랬을까. 나는 좀 어이가 없어서 보고 있다가 방으로 쏙 들어가 버린다.

밖에서는 뭐가 그리도 재밌고 즐거운지 웃음소리가 연방 터져 나온다. 혹시 보라가 엄마의 숨겨 둔 딸이라도 되는 걸까. 그렇다면 딱 삼류 드라마겠다. 오랜 시간 헤어져서 할 말이 쌓인 모녀인 양 엄마와 보라의 대화는 봇물처럼 터져 끊이질 않는다. 그리고 한참 후 조용해지는가 싶더니 엄마가 방문을 열고 들어온다.

보라가 너와 할 말이 있다는데?

나는 침대 위에서 소설책을 뒤적뒤적 넘기고 있다. 침대 옆에는 무료 주차권을 받기 위해 사들인 책들이 수북하다. 내가 조금 성가신 투로 말한다.

난 할 말 없는데.

그때 엄마의 옆구리와 문 사이로 보라의 얼굴이 비집고 들어선다.

세진 언니한테 들었어요.

내가 진을 아는 것도 이상하지만 보라가 진을 아는 것도 선뜻 이해가 안 간다. 머릿속은 아직까지 뒤죽박죽. 이 모든 게 내 머리로는 도저히 예측할 수 없게 돌아가다 보니, 이젠 무언가를 애써 예측하는 게 번거로울 뿐이다.

어쩌다가 한 번씩은 내가 의도하지 않아도 내 의지로는 감당할 수 없는 일들에 휘말리기도 한다.

이를테면 할아버지의 죽음, 부모의 이혼, 대학 입시에 떨어져 감내해야 했던 재수 시절, 누군가와 헤어져야 하는 순간들, 얼마 전 본사에서 지점으로 좌천된 일, 그리고 사표를 내기까지가 그랬다. 중간 중간 사사로운 일들도 끼여 있는데 불운이라면 불운이겠지만 어쩌면 그렇지 않은 일이다.

할아버지의 부음은 정말 내 의지로는 어떻게 할 수 없는 일이었다. 할아버지는 내게 절대적인 존재였다. 할아버지가 돌아가신 후, 내 의지로 어찌할 수 없는 일의 슬픔은 정말 오래갔다. 할아버지가 내게 특별한 사랑을 준 건 어쩌면 언니 때문이기도 했다. 첫째에게 쏟아지는 관심과 기대는 어느 집마다 있다. 그 빛에 가려진 나를 할아버지는 측은하게 생각했는지도 모른다. 할아버지가 돌아가신 후 나는 홀로 이 세상에 덩그마니 남았다고 생각했다. 그리고 오랫동안 그 충격에서 헤어 나오지 못했다.

돌이켜 보니 그 외의 일들은 내 노력이 턱없이 부족했음을 깨닫는다. 그것들이 타인에 비해 내게 절실하지 않았던 것은 부인할 도리가 없다. 재수, 공부가 적성에 안 맞았던 것도 있지만 특별히 좋은 대학에 가고 싶은 마음도 없었다. 이별, 누군가와 끝까지 갈 것을 염두에 두지 않았기에 나는 그 끈을 쉽게 놓아 버렸는지도 모른다. 회사, 형편을 자세히 들은 건 아니지만 맏딸인 수경 씨는 가족들의 생계를 책임져야 하는 가장이라고 했다. 그러니 악착같이 일을 해야만 했다. 그게 수경 씨와 나 둘 중 누군가라고 한다면 수경 씨가 아니라 나였던 게 옳은 처사였다.

내 모든 것을 쏟아 붓지 않고 내가 뜻하는 것만 얻기를 바라며 살아왔다. 후회는 들지만 사력을 다한 일이 아니기 때문에 슬픔도 그리 오래가지 않았다.

하지만 그와의 일은 다르다. 누가 떠미는 것도 아니었고 내 의지가 강렬한 것도 아니었는데, 불현듯 들이닥친 이 상황이 나는 막막했다. 아니, 더 솔직히 말하자면 난 애초에 시간이나 때우자고 그를 만났는지도 모른다. 주말마다 집에서 텔레비전을 보거나, 전화로 친구의 연애담이나 듣는 게 지겨울 때였으니까. 만약 내가 그를 처음부터 열렬히 사랑하고 올인했다면 그가 온전한 내 짝이 되었을까.

지금 내 마음이 온전하게 돌아온 건 아니다. 다시 그 음울한 구덩이로 들어가지 않으면 그만이겠지. 그런데 휴대폰으로 손이 간다. 나 말고 다른 여자 친구가 있는, 이중생

활을 하는 그의 악랄한 번호가 내 손끝에 너무 익어 있다. 자꾸 누르고 싶은 걸 간신히 버티며 참아 본다.

보라는 내 방 창가에서 밖을 한참 바라보고 있다가 조용히 몸을 튼다. 포대 자루처럼 큰 스웨터가 보라의 엉덩이까지 덮고 있다.

진호 오빠랑 만나고 있는 사람이 언니인 줄 몰랐어요.

진호 오빠?

진호라면, 그를 언급하는 것이다. 그의 이름이 유진호니까. 그런데 얘가 어떻게 그를 알고 있는 걸까. 요즘 들어 나와 관련된 모든 일은 왜 이토록 꼬여 있는 걸까.

저도 진호 오빠 알아요. 그리고 언니 얘기도 언뜻 들었어요. 혹시…… 오빠가 언니 많이 좋아하는 거 아세요?

…….

이럴 때 난, '넌 누구냐?'라고 묻고 싶어진다. 나 혼자서 멀리 다른 차원에 떨어진 것 같기도 하고, 내가 살고 있는 이곳의 모든 사람들이 나와는 다른 종족인 것 같기도 하다.

거두절미하고, 유 대리랑은 어떻게 알아?

나는 억지로 차가운 음성을 꾸며 묻는다.

유 대리요? 언니가 그렇게 부르니까 너무 이상하네요.

그게 왜?

유 대리라…… 뭔가 좀 그렇잖아요.

난 진호 오빠라는 호칭이 더 이상하기만 한데?

나도 모르게 신경이 날카로워져서 어떻게 해도 말이 뒤틀린다.

그나저나, 어떻게 아는 건데?

언니와 같은 경로로요.

같은 경로, 이 또 무슨 생게망게한 발언인가. 그럼 혹시 애가?

내가 그리로 갈까요?

바짝 긴장된 음색으로 그가 말한다. 휴대폰으로 흘러나오는 그의 음성이 반가운 건지, 싫은 건지 잘 모르겠다. 지금 이 집 밖으로, 크리스마스 캐럴이 울리고 있다. 그에 대해 단정할 수 없는 감정과 캐럴이 섞여, 나를 너무 감상적으로 만들지 않았으면 좋겠다.

그래요.

딱딱하고 사무적인 음색으로 대답한다. 예전 같으면 아니, 어디 중간쯤에서 봐요, 라고 말했겠지만 그런 말을 하고픈 생각이 아예 없다. 조금의 배려도 하고 싶지 않다. 한 여자가 아니라 두 여자라니. 아니, 나까지 치면 세 여자였지. 이제는 더 이상 참을 수 없다. 막무가내로 욕을 퍼붓든, 조목조목 따져서 그가 얼마나 형편없는 인간인지 일깨워 주든,

뭐든 해야겠다. 속에서부터 단단해진 오기가 머리끝까지 치솟는다. 나는 크리스마스 카드 대신, 품에 비장의 칼이라도 움켜쥔 사람처럼 섬뜩한 눈빛을 해 본다.

 잘 지냈죠?
 그가 내 옆모습을 보며 다정한 어감으로 묻는다.
 응.
 나는 고개를 돌리지 않은 채 대답한다.
 계속 연락이 안 돼서 걱정 많이 했어요.
 인간이라면 많이 했겠지. 속으로 옹알옹알 주절거리며 자세와 표정을 정돈한다. 그의 피겨스케이팅 선수 급 혀끝을 방어하려면 잠시도 틈을 주어선 안 된다. 하염없이 침잠된 기분을 가까스로 끌어올리며 꽉 다문 입술을 뗀다.
 무슨 말을 어떻게 해야 할지 모르겠어.
 나는 이웃집 상가에 찾아가 심심한 위로를 전하는 조문객처럼 말한다. 내 말이 끝나기도 전에 그가 두 손으로 내 손을 살포시 잡는다. 혀끝부터 내밀고 나오지 않은 걸 보니 현재 상황을 다는 몰라도, 지금의 내 감정을 감당하지 못하리란 예감쯤은 하고 있나 보다. 나는 그의 두 손 사이에서 내 손을 뺀다.
 우리, 헤어지는 거 아니죠?

조심스럽게 묻는 그의 눈가에 물기가 자박자박 맺힌다.

인간의 눈. 그 소속과 무관하게 인간의 눈에는 제각기 다른 기이한 빛깔이 숨어 있다. 특히 내 옆에 있는 이 남자. 약간은 차가워 보이고 사무적으로 보이게끔 만드는 안경 뒤로 숨어 있는 눈. 안경 도수 때문에 눈의 크기가 실제보다 작아 보여서 냉철하게 보이는 눈. 안경을 벗으면, 형언할 수 없을 만큼 고혹적이면서 선연한 빛이 어려 있는 눈. 성당 앞에서 두 손 모아 기도하는 소녀처럼, 여려 보이는 눈이다.

그의 혀끝이 동물적으로 육체를 탐닉하게 한다면, 그의 눈은 그를 인간적으로 좋아하게 만든다. 아니 어쩌면 그는 그렇게 매력적인 사람이 아닐지도 모른다.

차창 밖으로 불빛을 머금은 물결이 흔들린다. 그의 이런, 연약한 모습도 어쩌면 콘셉트에 불과할지 모른다. 무언가 결여되어 콘셉트를 가져야 하는 그의 눈이 불안하고 슬프게 흔들린다. 그 빛을 머금고 반사하는 내 마음이 물결처럼 흔들린다. 목적지는 모르겠으나, 내 마음이 어디론가 유유히 흘러간다.

그동안 너무 많이 생각해 봤어요. 메일도 보냈는데 안 본 것 같더라고요. 그래서 메일에 썼던 말 다시 하지만…… 우리, 못 헤어져요.

…….

우리, 그렇게 헤어질 수 없는 사이잖아요.

그의 두 볼 위로 눈물이 조르륵 흐른다. 마치 신파극 같다. 그런데 우리라니, 그건 자신만 그렇지 않다고 단언하는 것이 아니잖은가? 우리라면, 거기에 나도 포함되어 있다는 것은 지당한 말이다. '우리'라는 단어가 이토록 사무치게 내 가슴을 헤쳐 놓을 줄 몰랐다. 이 무슨, 시공간을 가리지 않고 생기는 연민인가. 아니면 나조차 갈무리하지 못한 감정인가.

우리, 크리스마스 기념으로, 할까?

나는 이 상황을 어떻게 해야 할지 몰라서 대뜸 그렇게 말한다. 내 허벅지에 얼굴을 묻고 흐느끼던 그가 눈물이 범벅인 채로 고개를 든다. 내가 고개를 뒷자리로 돌리자, 그가 해맑은 눈빛으로 나를 바라본다.

나야 너무 좋지만…… 원하면요.

그가 낫낫한 음성으로 대답한다.

대신, 나랑 약속해.

무얼?

급격히 천진해지는 눈빛과 천진해지는 말투.

뒷자리에 가서, 하고 싶은 마음이 들면 허리띠는 스스로 풀도록 해.

그가 새색시처럼 수줍게 고개를 주억거린다.

그가 내 허벅지에 기대어 아직 눈을 감고 있다. 나는 무슨 말인가를 하려고 나왔는데 결국 아무 말도 하지 않았다.
어디서부터 따져 봐야 할까. 내가 남자 친구가 생기면 가보고 싶은 곳이 남산 타워라고 거짓말을 한 것? 그가 입속에 넣어 준 강냉이를 받아먹은 것? 더럭 키스를 해 버린 것? 추어탕의 유혹을 뿌리치지 못한 것? 썩 좋아하지도 않으면서 키스 한 번 더 해 보자고 만난 것? 나만의 방패를 세워 결국 나 자신에게 올가미를 씌운 것? 그의 휴대폰을 몰래몰래 훔쳐본 것? 엠포리오 아르마니 로고인 독수리를 보고 불끈한 것? 그와 휴대폰 뒷자리가 같다고 진을 찾아간 것? 그리고 진과 보라를 만난 것? 어디부터인지는 몰라도 무언가 단단히 잘못된 건 맞다.
이제야 내가 얼마나 수습하기 어려운 일을 벌여 왔는지 절감한다. 내 의심이야 어찌됐든 그냥 모른 채 묻어 두었으면 여기까지 올 필요는 없었을 것이다. 비장의 칼이라도 움켜쥔 양 나왔는데 결국 약자의 선택이란 침묵 아니면 거짓뿐이다.
입속에서 그의 혀끝은 얌전했는데, 결국 나는 그와 뒷자리에 와 있다. 그리고 섹스를 했다. 아직 아무런 결론도 내리지 못한 지금, 아무런 호전도 없는 지금, 이상하게도 비거스렁이에 나들이하는 것처럼 상큼한 기분이 찰랑거린다.
한강 둔치는 좀 식상하다.
내가 차창 밖을 바라보며 말한다.
우리가 그동안 했던 장소가 다 엉뚱하고 아슬아슬했잖아. 그런데서 하다가 남들도 더러 하는 곳에서 하려니까 어색해. 여기가 내 장소가 아닌, 그런 마음이야.
하하, 난 송이 그런 면이 참 좋아.
뭐가?
솔직하잖아.
어라? 지금 그는 말을 놓고 있다.
처음부터 느낀 건데, 가끔은 황당할 만큼 솔직해.
황당할 만큼?
무지무지. 그래서 아주 친밀한 느낌이 많이 들었어.
나, 그렇게 솔직하지 못해.
아니야.
정말인데…… 나중에 알게 될 거야.
건너 라인에 주차된 소나타 한 대가 미세하게 들썩거린다. 시동을 켠 채로. 아직 자세를 찾지 못해서 헤매고 있을 차 안의 사람들을 생각하니 성근 웃음이 튀어나온다.
초짜인가 봐.

그렇지? 쿡쿡.

멀찌감치 남산 타워가 서 있다. 여태 못 갔네, 라고 생각하는 찰나 남산 타워 중간께 빨간 불빛이 초록 불빛으로 바뀐다. 교차로 깜빡깜빡 빨강, 초록 불빛이 짙은 어둠 속에서 헤아릴 수 없을 만큼 수다한 불빛들과 어우러져 빛난다.

우리 남산 타워 가기로 했잖아.

내가 그의 귓가에 속삭인다.

그 약속, 잊은 줄 알았어…… 잊지 않아 줘서, 고마워.

그가 내 허벅지 위에 머리를 대고 드러누워 생글생글 웃는다.

……혹시, 두 사람을 사랑할 수 있을까?

…….

그가 얼굴 가득 해미를 깔고 차 천장을 무연하게 바라본다. 잠시 후 신중하게 고개를 끄덕이고는 대답한다.

그럴 수도 있겠지. 하지만 그 시간이 겹치는 순간은 길지 못할 거야.

그는 적어도 거짓말을 하고 있지는 않다. 이 시점에서 아니, 라고 대답했다면 실망하고 말았을 것이다. 상의만 입고 있는 그가 한기를 느꼈는지 코트를 하체 위로 끌어당긴다. 내가 그의 머릿결을 쓰다듬는다.

차창 밖으로 송이 진 눈이 허공에 날린다. 하늘에서 내리는 게 아니라 마치 허공에서 하얀 빛이 깜빡깜빡 켜지는 것 같다. 눈이다, 라고 말하는데 이미 그의 눈은 차창 밖을 향해 있다. 그가 내 허벅지를 다소 세게 끌어안으며 말한다.

살고 싶어.

현주의 머리칼이 온통 빨개졌다. 그리고 어깨 밑까지 내려오던 머리가 쇼트커트로 바뀌었다.

현주와 나는 비슷한 사이클을 갖게 됐다. 현주도 다니던 회사를 그만두었다. 벌써 두 달째. 나보다 먼저 그만둔 상태다. 하지만 나와는 경우가 다르다. 나는 생선 토막 나듯 잘린 거고 현주는 새로운 계획을 세우고 자진해서 나온 거다.

스물아홉은, 유턴하기에 딱 좋은 나이인 거 같아.

현주가 의미심장한 얼굴로 말한다.

쳇.

내가 비웃는다.

생각해 봐. 열아홉 때는 의지는 왕성한데 무언가 판단할 능력이 떨어지잖아. 그리고 서른아홉은 판단할 능력은 있는데 의지는 현저하게 빈약해지지. 그런데 스물아홉은 의지도 있고, 판단 능력도 있잖아?

휴, 난 막상 이렇게 되고 나니까 앞으로 무얼 하며 살아갈지 모르겠어.

나의 솔직한 심정이다. 무언가 바닥을 치는 고통은 아닌데, 정말 무얼 하며 먹고산담? 걱정하지 않을 수 없다.

그럼 나랑 같이 그림 바 할래?

현주가 대뜸 제안한다.

그림 바?

응. 내가 원래 그림 그리는 걸 좋아하잖아.

사실이다. 현주는 미술을 좋아했다. 그림을 그릴 때 진정한 자신과 마주 보고 있음을 생생하게 느낀다고 했다. 그리고 간절하게 미대에 가고 싶어 했다. 문제는 성적은 상위권이었는데 그중에 미술 실기 점수만 하위권이어서 반 강제로 포기하고 말았다. 그림 그리는 실력이 형편없었다. 왜 하필 자신이 가장 못하는 걸 고집스럽게 하고 싶었는지 모르겠다. 그런 게 운명이라는 걸까.

테이블은 딱 한 개 정도? 그 정도가 딱 좋을 거 같다. 하루에 한 손님'씩만 받는 거야. 그러면 머리도 덜 아플 거고.

나는 현주의 말을 듣는 둥 마는 둥 한다. 남들은 못 들어가서 안달인 고액 연봉의 회사를 그만두고 바라니. 그것도 생전 듣도 보도 못한 그림 바라니. 정말 한심한 노릇이다.

왜 사람들은 어떤 사람을 지나치게 표면적으로 본다든가, 아니면 지나치게 분석적으로 보는 경향이 있잖아. 인간은 다 개인의 고유한 역사와 냄새와 빛깔과 언어와 사랑을 가지고 있는데. 하나도 같은 사람이 없잖아. 심지어 쌍둥이들도. 어떤 손님이든 들어오면, 우선 그에게서 한눈에 느껴지는 냄새와 빛깔을 찾는 거야. 그리고 한눈에 포착한 한 인간의 느낌을 스케치한 다음에 그 사람이 말하는 자신을 듣고 색깔을 입히는 거지.

 술집에서 누가 자신에 대해 솔직히 말하겠니? 거짓말만 줄줄 쏟아 낼 수도 있잖아.

 그렇지만 그것도 결국 그 사람 아니겠어? 설령 그 사람의 실상과는 다르다 해도, 자기가 진정 원하는 자신을 얘기하는 것일 수도 있잖아.

 아아, 아무튼, 그럼 그냥 화가 하면 되겠네.

 현주 말을 듣고는 나도 모르게 결론을 내리고 있다.

 그건 너무 진부하잖아.

 좋아, 좋아. 하루에 한 테이블만 장사하면 인건비는 어쩌려고.

 사실 나는 현주의 말을 들으며 사이사이 딴생각을 늘어트리고 있다.

 하하. 무슨 소리야, 인건비라니. 나 혼자 할 건데?

 야, 넌 라면도 못 끓이잖아. 청소하고 술 파는 거야 너 혼자 한다고 쳐. 장사를 하려면 안주는 만들어야 할 거 아냐. 라면도 못 끓이는 애가 어떻게 안주를 만들어?

안주? 쥐포만 팔 건데?

푸, 나는 한숨을 쉬며 현주를 바라본다.

아, 네가 이해를 잘 못했나 본데, 그 바는 그림을 팔아. 당사자도 알지 못하는 자신의 빛깔과 냄새를 담아서 이미 지화한 그림 말이야. 그게 안주야.

휴, 거푸 한숨만 나온다. 말이야 그럴듯하다. 그런데 한 열 살쯤 터울이 지는 동생을 보는 것처럼 갑갑하다. 나 자신이 심란해서 더 그렇게 느껴지는지도 모르겠다.

너, 그림 못 그리잖아!

8
자매의 탄생

그는 내 생일을 함께 보내지 못한 것을 못내 아쉬워하며 상하이행 비행기를 탔다.

출장 일정이 하필 내 생일과 맞물렸다며 그가 내리 속상해했다. 하지만 나는 생일 당사자여서 그런지 대수롭지 않았다. 원래 미안한 쪽이 더 유난스럽기 마련이니까.

엄마는 미역국만 끓여 놓은 채로 내가 눈을 뜨기도 전에 집을 나섰다. 나는 조용한 집을 똥 마려운 개처럼 왔다 갔다 하다가 케이블 채널에서 재방되는 드라마를 소파에 누워 시청했다. 처음부터 본 게 아니어서 그런지 도통 무슨 얘기인지 모르겠다. 그냥 한 남녀가 좋아서 죽겠다는 스토리인 것 같다.

허기가 져서 부엌으로 간다. 국그릇에 데운 미역국을 담는다. 밥통을 열어서 한 주걱 푼 다음 미역국에 떨어트린다. 국물이 사이사이 스미도록 숟가락으로 푹푹 밥 뭉치를 쑤셔 댄다. 맑은 미역국에 붇은 밥알이 입 안에 착착 감긴다.

스물아홉 생일이 특별하지도 않지만, 전혀 실감 나지 않는다.

―축하! 10시 반까지 집 앞으로 나와~

함께 백수 신세가 된 현주가 문자를 보내왔다. 지루하던 참인데 정말 눈물 나게 고마울 지경이다.

―추리닝 챙겨서 나올 것!

나는 궁금해서 '왜?'라고 답장을 보낼까 하다가 귀찮아서 그냥 둔다.

옷장에서 추리닝을 꺼낸다. 아래위 모두 회색인 추리닝을 쇼핑백에 넣는다. 상의에 모자가 달린, 가슴에 'PUMA'라고 쓰인 추리닝이다.

이 추리닝은 현주와 동대문 노점에서 한 벌에 1만 2000원을 주고 샀다. 만약 진짜 '퓨마'였다면 10만 원을 훨씬 넘고도 남았다. 사실 처음부터 이미테이션을 사려고 동대문에 간 건 아니었다. 원래 입던 추리닝에 보풀이 많이 일어 새로 장만하려고 간 것이었다. 그런데 돌아다녀 봐도, 죄다 이미테이션뿐이었다. 그러니 어쩌겠는가. 가장 진짜 같은 가짜를 살 수밖에.

　무료 강습이라서 그런지 요가 강습소 안은 사람이 꽉 차 있다. 천장에 달린 환기구가 열기를 뿜어낸다. 현주와 내가 각자 파란색 요가 매트 하나씩을 깔고 양반 다리를 한다. 현주는 양반 다리를 아래위로 흔들며 근육을 푼다.
　야, 찜질방 같다.
　내가 신기해하며 재잘거린다.
　인도 현지와 같은 온도래. 이 온도가 근육을 이완시켜 줘서 근육에 무리를 주지 않는다더라고.
　정말 좋다.
　현주가 얼마 전부터 다니게 된 요가 강습소. 오늘 하루, 홍보 차원에서 강습생이 아니더라도 강습을 받을 수 있는 오픈 수업이다. 현주가 이게 생일 선물이라며 나를 데리고 왔다. 딱히 할 일도 없거니와 말로만 듣던 요가가 어떤 건지 궁금하기도 해서 군말 없이 줄레줄레 따라왔다.
　수경 씨가 어깨 뭉침으로 고생하다가 요가를 시작하면서 싹 나았다는 얘기를 들은 기억이 난다. 한번 해 본다고 몸의 기운이 확 바뀌는 효과를 기대하진 않는다. 하지만 경험해 보는 것은 나쁘지 않을 것이다. 현주는 이곳에 다닌 지 2주일이 됐다고 한다. 그런데 하루가 다르게 컨디션이 좋아진다면서, 나보고도 함께 다니자고 조른다.

해 보고.

깍지를 껴서 머리 위로 팔을 둥글게 올린 현주를 보고 대답한다.

현주를 보니 마음이 좋아진다. 나도 예외는 아니지만 현주도 이 시기에 찾아온 시련을 잘 극복해 나가는 것 같다. 현주는 이 세상 다 포기해도 그 남자만큼은 포기 못하겠다는 말을 거듭해 왔다. 그러니까 결혼까지 결심했으리라. 그런 말, 이제는, 충분히 이해한다. 예전에 '소갈머리 없는 년'이라고 야유했던 일은 진심으로 미안하다. 사람은 직접 경험해 봐야 그 심정을 알게 되는가 보다. 그 어떤 상황에서도 포기할 수 없는 감정은 분명 생긴다.

아무튼 현주가 본디 긍정적이긴 했어도 술을 퍼마시며 허송세월을 보내지 않으니 다행이다. 이렇게 요가를 통해 건강도 추스르고 수행도 하면서 좌절을 딛고 일어서는 모습이 기특할 따름이다.

강사의 몸이 접혔다가 다시 반대로 펴지길 반복한다. 나는 강사를 따라서 배를 천장으로 하고 몸을 U 자로 만든다. 강사가 꼬리뼈를 척추 쪽으로 바짝 당기시고 골반을 수축합니다, 라고 설명한다. 호흡이 불완전한 동작을 간신히 지탱해 준다. 몸이 바들바들 떨리고 이마엔 땀이 송골송골 배어난다. 거울에 비친 현주는 나보다 수월하게 호흡을 하고 있다. 여덟, 일곱, 여섯, 카운트가 들어가자마자 나는 엉덩이부터 바닥에 주저앉히고 만다.

처음엔 쉽지 않아. 반복하다 보면 몸에 익는 거래.

현주가 내 어깨에 손을 얹으며 말한다. 거친 숨을 헉헉거리며 정면에 있는 거울 속 나를 본다. 반복 학습. 익숙해지는 과정은 늘 힘겨울 따름이다. 하지만 익숙해지고 나서 버리는 건 더 힘들다. 하지만 살아야 한다면, 그 삶을 견디기 위해 반복적으로 해야 할 일들은 꼭 있게 마련이다.

앉은 채로 머리를 무릎에 붙이려고 애쓰며 다시 근육을 이완시켜 본다.

강사가 매트 위에 누워서 손을 머리 위로 부드럽게 올리고 잠시 명상을 하라고 지시한다. 현주와 나는 매트 위에 눕는다. 몸이 확연히 가벼워진 것을 느낀다.

그런데 말이야.

내가 고개를 돌려 현주를 바라보며 말한다. 현주는 천장을 향해 두 눈을 감고 있다.

이렇게 좋은 생각은 언제 한 거야?

내가 묻자, 현주가 눈꺼풀을 천천히 걷어 올리며 고개를 들어 나를 본다.

네가 보기에도 좋은 생각인 것 같아?

응. 요가, 참 좋은 운동인 것 같아. 처음이라 어렵긴 하지만 잡념이 사라지는 느낌이랄까. 마음이 한층 차분해지고 결이 고와지는 기분이야. 몸도 가볍고.

후훗.

현주가 작게 웃음을 흐트러뜨리며 그래서 하는 거 아니야, 라고 대꾸한다.

심신 수양이나 하려고 내가 이 짓거리 하는 거 같아?

그럼?

내가 생각해 봤거든. 내가 뭐가 부족한 걸까. 왜 차인 걸까. 그 신림동이랑 비교했을 때 내가 뭐가 못한 걸까. 아무리 생각해도 내가 나이도 더 어리고, 더 예쁘고, 뭐 이래저래 따져 봐도 가진 것도 훨씬 많은 것 같고, 너도 알다시피 내가 성격도 좋은 편이잖아?

쿡쿡, 마지막 건, 아니다.

생각해 보니까, 경쟁력에서 떨어질 만한 건 단 하나뿐이더라고.

그게 뭔데?

내가 현주에게 묻는데 강사가 조용히 해야 한다고 옆에 와서 속삭인다. 강사가 거울 쪽에 있는 자신의 위치로 돌아간다. 현주가 들릴 듯 말 듯한 작은 음성으로 입을 뻐끔거리며 말한다.

잠자리.

내가 못 알아듣고 눈을 크게 벌려서 '엉?' 하는 입 모양을 한다.

섹, 스, 에, 서, 밀, 린, 거, 야. 그, 래, 서, 앞, 으, 로, 를, 대, 비, 해, 서, 그, 쪽, 경, 쟁, 력, 을, 높, 이, 려, 고.

높이려고, 라는 말에선 검지를 세워 허공에 찔러 대기까지 한다. 그러고는 손으로 입을 가려 나만 들리게끔 소곤댄다.

포인트는 괄약근 운동이야.

그녀들과 만났다.

진과 보라와 함께한 이 자리는 예상 밖으로 평온하다. 진을 만나러 청담동으로 갔던 날처럼 조비비지 않고, 오래 알고 지낸 친구나 선후배를 만난 것처럼 여유롭기까지 하다.

진이 보라에게 내 생일이란 말을 듣고 전화를 걸어왔다. 보라는 엄마에게 들었을 것이다. 처음에는 만나지 않는 게 좋을 성싶어서 시원하게 대답하지 못하고 머뭇거렸다.

송이 씨가 만나자고 했을 때 내가 거절하지 않았으니까, 송이 씨 나한테 빚진 거예요.

진이 앙탈 부리듯 말했다. 꼭 그 말 때문은 아니었다. 빚이야 다른 방법으로도 갚을 수 있으니까. 그런데 나도 어렴풋이 그녀들이 만나고 싶어졌다.

그녀들에 대해 더 알고 싶었다. 그리고 나도 모르게 진과 보라에게 하고 싶은 말이 쌓여 있었다. 묻고 싶은 말이 넘칠 것 같았다. 그 말들은 내 가족에게도 절친한 친구에게도 사랑하는 연인에게도 할 수 없어, 고립된 말들이었다. 그 말들이 무엇인지 정연했던 건 아니다. 그래서 그냥 그 말들이 무엇인지 머릿속에서 그려 보려 했다. 그녀들을 만나면 더 선명해질 것 같았다.

진이 운전을 하고 조수석에 보라가 앉아 있었다. 나는 뒤에 앉아 차창을 내려 보았다. 차디찬 겨울바람이 제법 세게 얼굴에 들이닥쳤다. 예전 같았으면 추워서 '죽을 것' 같다고 엄살을 부리고도 남았다. 하지만 실제 아무렇지도 않았다. 그냥 차가운 바람일 뿐이라고 생각했다. 차창을 열지 않으면 느낄 필요 없는 바람일 뿐이라고. 그 바람을 쐰다고 갑자기 내가 사라져 버리진 않을 것이다.

진은 재즈 음악을 크게 틀어 놓았다. 나는 재즈에 대한 이해가 없었다. 하지만 차 안에 울리는 재즈가 생급스럽거나 불편하지 않았다. 길을 걷다가 우연히 들었을 수도 있고, 어딘가에 들어섰다가 들었을 수도 있다. 그냥 내가 좋아하지 않는, 선뜻 관심 갖지 않은 장르의 음악일 뿐이라고 생각했다. 그렇게 들으니, 재즈가 낯설지 않았다.

진과 보라와 나의 이 엉뚱한 만남이 그렇듯 말이다. 이

만남은, 어쩌면 일어날 법한 일이었다. 예전에도 이런 일은 생길 수 있었는지 모른다. 나도 모르는 찰나 내 옆을 지나쳤을 상황이라고 생각했다. 다만 그 무엇도 절실하지 않았던 탓에 그냥 무심히 지나온 것이리라. 전혀 다른 세상에 온 듯 내게 엉겨 있던 불안감이 조금씩 해소되고 있었다.

여기, 얌훈센이 일품이에요.
옆 자리에 음식이 먼저 나오자, 진이 군침을 꼴깍 삼키며 말한다.
언니는 진호 오빠 어떻게 해서 사귀게 됐어요?
보라가 말하는데 검정색 브이넥 니트 위로 금빛 곰돌이 펜던트가 달린 목걸이가 눈에 들어온다. 곰돌이의 눈이 밑으로 처져, 약간 울상이다. 보라와 닮았다.
뭐, 그게, 다 그렇고 그렇지.
나는 대강 얼버무린다.
아, 나도 궁금하다. 보라 스토리는 들었는데 생각보다 시시했거든…… 보라, 미안.
진이 버릇대로 고개를 갸웃하고는 보라에게 미안한 표정을 짓는다.
언니 스토리가 하도 요란 법석이어서 상대적으로 내 스토리가 재미없었겠죠.

보라가 심드렁한 표정으로 맞받아친다. 진은 동요하지 않고 미소를 지을 뿐이다. 정말 진은 어떤 말에도 웃는 것으로 답한다.

정말, 송이 씨는 어떻게 만났어요?

목 위까지 올라온 훌렁한 살구 빛 니트 때문인가. 지난번과 비교할 수 없게 진이 어려 보인다. 대학생이라고 해도 믿어질 만큼 동안으로 보인다.

같은 회사 다녔으니까, 뭐, 그럭저럭 자연스럽게 가까워진 거겠죠?

진이 또 갸웃. 그리고 이번엔 알아도 흥미를 끌지 못할 거라는 듯 옆 자리 테이블 위로 시선을 던진다. 그리고 혼잣말로 옆 자리의 음식을 보며 맛있겠다, 라고 말한다.

아니요.

진과 보라가 동시에 나를 응시한다. '그럭저럭'이라는 단어가 내 심기를 건드린 것이다. 불쑥 뿔따구가 난다.

다른 부서니까 자연스럽게 가까워질 일은 드물었죠. 이전까지도 서로 인사만 하는 정도였거든요.

그래요?

진이 호기심 어린 눈동자를 또랑또랑하게 빛내며 손으로 턱을 괸다.

회식 끝나고 이래저래 둘이 2차 가서 술 마시다가, 키스

했어요.

키스요?

이번엔 보라가 되묻는다. 귀신 얘기라도 듣는 양 잔뜩 긴장한 채다. 묘한 치기가 내부에서 뾰족하게 선다.

그이가, 키스 좀 하잖아요? 사실은 썩 좋아하는 타입이 아니었는데 키스 한 번 더 해 보려다가 이렇게 됐죠.

나름대로 그런 의식에 대해 일가견이 있는 표정으로 씽긋 웃어 보인다.

하하. 내가 이래서 송이 씨를 좋아한다니까!

큰 소리로 진이 웃는다. 정말 큰 웃음소리인데 천박하진 않다. 보라는 그 옆에서 무표정한 얼굴로 샐러드를 집어 먹는다.

좀 하지, 하하하.

진의 그 한마디에 '고수'인 척하려던 나의 표정은 순식간에 무너진다.

진이 테이블 위에 케이크 상자를 받쳐 치즈 케이크를 올린다. 그리고 딱 내 나이만큼의 촛불을 꽂는다. 더도 덜도 아닌 큰 초 두 개와 작은 초 아홉 개.

한 살만 더 먹었어도 초 꽂기가 더 편했을 텐데.

진이 농을 치며 씩 웃어 보인다. 갑자기 코끝이 찡해진다.

며칠 후면, 서른이다. 생일이 12월 말이다 보니, 스물아홉에서 서른이 되는 시간은 너무 기습적이다. 언제부턴가 한 살을 더 먹는 일은 내게 가혹했다.

초에 불을 다 붙이고 진과 보라가 작고 어정쩡하게 생일 축하 노래를 불러 준다. 생일 축하합니다, 생일 축하합니다. 사랑하는 한송이 생일 축하합니다. 짝짝짝. 보라는 대강 구색만 맞추는데 진은 한층 오버하며 발랄하게 부른다.

이런, 계면쩍은 상황도 없을 것이다. 케이크까지는 어지간히 봐줄 만하다. 내가 만나고 있는 남자의 또 다른 연인들에게 생일 축하 노래를 듣자니 서글픔도 기쁨도 아닌 감정이 가슴 한구석을 후벼 판다. 노래 한 소절에 나오는 '사랑하는'이라는 단어는 흔한 가사일 뿐인데 아릿하게 다가온다.

진과 보라의 얼굴에 아롱아롱 어룽진 촛불이 선명하게 드리운다. 그녀들의 얼굴이 너무도 또렷해서, 지금 진과 보라의 얼굴이 낯설게 느껴진다. 그런데 가벼운 입김으로 이 얼굴들을 훅 끄기가 문득 두려워진다.

같이 꺼요.

진이 와인 잔을 들자 보라와 나도 따라서 와인 잔을 든다.

우리, 한 남자를 사랑하는 세 여자의 동호회를 위하여!

진이 발랄하게 말한다. 그 발랄한 어감이 내 등줄기를 서

늘하게 한다.

음…… 걸프렌즈 클럽! 어때?

진이 고개를 갸웃한다. 보라가 와인은 마시지도 않은 채 잔을 내려놓는다.

클럽이라니? 세상에 없는 클럽이 없다는데, 그래도 같은 남자를 사랑하는 클럽은 처음 들어 봤다. 연예인이나 공인이 아니고서야 말이다. 게다가 그는 그토록 매력적인 장동건도 아니지 않은가. 더구나 클럽 이름이 '걸프렌즈'라니! 이 단어에 붙은 복수형의 S자가 이렇게 산인할 줄 몰랐다.

벌써 세 잔째의 화이트 와인. 나른한 취기와 함께 졸음이 밀려든다.

그런데 독수리는 누구예요…… 언니? 아니면 보라?

내가 졸음을 쫓으려고 간신히 입을 뗀다. 입술은 마취 기운이 도는 것처럼 얼얼하다. 말투가 훼손된 테이프처럼 늘어진다. 독수리. 나를 자극했던 엠포리오 아르마니 니트의 로고. 누가 그에게 사 준 것인지 정말로 궁금했다. 진과 보라는 도통 무슨 얘긴지 모르겠다는 표정으로 서로를 바라본다.

왜 여기요, 하면서 오른쪽 가슴을 손으로 가리킨다. 여기, 여기, 시뻘건 독수리 붙어 있는 애요, 하면서 투덕투덕 가슴을 친다.

글쎄? 무슨 얘긴지…….

진이 왼쪽 입가를 샐쭉하며 말끝을 흐린다.

아, 아, 됐어요.

내가 귀찮은 듯 대꾸하는데 목까지 올라온 진의 살구 빛 니트가 눈에 거슬리기 시작한다. 진과 보라가 무슨 얘긴가를 나누는 동안에도 나는 니트에 가려진 진의 목을 응시한다. 나도 모르게 손이 뻗어진다. 그리고 진의 니트를 확 끄집어 내린다. 진이 내 손을 분연히 뿌리친다. 이런 과격한 행동이 거침없이 나온 이유는 뭘까. 나도 모르겠다. 다만 진의 목에 걸려 있을 목걸이가 궁금할 뿐이다.

실내에는 추억의 올드 팝송이 흐른다. ever green ever green. 친근한 음성이다. 추억의 올드 팝송. 엄마의 설거지 곡들. 엄마는 내가 아주 어렸을 때부터 설거지를 할 때마다 추억의 올드 팝송을 틀어 왔다. 테이프에서 레코드, 레코드에서 CD로 교체되며 세월이 흘렀지만 엄마의 설거지 곡들은 여전했다. 그중에「Ever green」은 단연 압권이었다.

아빠와 서류상 이혼을 한 다음 날 아침에도 그랬다. 분홍색 고무장갑을 낀 한 손엔 흰 거품이 인 수세미를, 또 한 손엔 식기를 들고 맞대어 벅벅 문지르다가 'ever green ever green~' 하는 여자의 음성이 스피커로 나오자 엄마는 미간을 모으고 눈을 감았다. 콧구멍을 벌름거리며 수세미와 그릇을 든 손을 잠깐 멈추었다. 엄마의 목청에서부터 그 가사가 터져 나왔다. ever green! 하필 이런 순간에 엄마의 설거지 곡이 나오다니. 술기운 때문인지 엄마의 설거지 곡 때문인지 알 수 없는 큰 웃음이, 허탈하게 쏟아진다.

그러니까 이게 보고 싶었던 거죠?

나의 무례한 행동에 잠시 침묵하던 진이 말을 꺼낸다. 마음을 평정했는지 다시 특유의 미소를 짓는다.

미안, 내가 결벽증이 좀 있어서. 누가 내 몸을 만지는 거에 예민한 편이에요.

진이 자신의 니트를 아래로 죽 늘어트린다. 진의 목덜미와 앙상한 쇄골이 드러난다. 목을 타고 길게 내려온 목걸이는 두 개다. 두 개 다, 하트 무늬 펜던트가 달려 있다. 하나는 심플한 골드고, 또 하나는 화이트 골드다. 화이트 골드 펜던트에는 큐빅인지 다이아몬드인지 모를 반짝반짝 빛나는 것들이 하트 무늬를 따라 촘촘히 박혀 있다.

두 개네요?

관자놀이에 주먹 쥔 손을 받치고 몸을 비스듬히 기울인 채 묻는다.

이것만 하는 건 아니에요.

진이 앞에 있는 와인을 홀짝 마신다.

목걸이를 하나만 갖고 있는 사람은 없죠. 나도 여러 개

소지하고 있을 뿐이에요. 오늘은 보라랑 송이 씨 만나려고 이 골드는 예의상 하고 나왔어요.

진이 심플한 골드 하트를 손가락으로 가리킨다. 화이트 골드보다 위쪽이다.

그렇구나.

속이야 볶이든 타들어 가든 뒤엎어지든 간에 맨송맨송한 척 대답한다.

난 하나뿐인데.

보라가 퉁명하게 토를 단다. 그건 나도 보라와 마찬가지다. 진이 말한 부분에는 오류가 있다. 모두 다 여러 개를 소지하고 있다는 점. 그렇지 않은 사람들이 더 많을 수도 있는 것이다.

그런가? 그럴 수도 있겠네.

진이 보라의 말에 바로 수긍한다.

난.

진이 와인 잔을 내려놓는다.

아니 내 목걸이는, 과거의 남자들에게 선물받은 것도 있고 현재의 남자들에게 선물받은 것도 있어. 상당한 숫자지. 하지만 과거의 남자들이나 현재의 남자들보다 더 많이 선물하는 건, 바로 나 자신이야. 내가 스스로 산 게 훨씬 더 많거든. 난 나를 사랑해.

말이 길어서인지 좀 아리송하다. 알아듣지도 못했으면서 내가 또 그렇구나, 라고 대답한다. '난 나를 사랑해.'란 말만 또렷하다. 무슨 유행어 같아서 풀썩 웃음이 튀어나오지만, 개개인의 가치관에 찬물을 들이붓고 싶은 생각은 없다.

뭐, 한 명만 만나라는 법 있나요?

보라는 진의 말을 벌써 다 소화해서 대답한다. 그러나 진에게 친절하게 맞장구쳐 주는 보라의 음성은 차갑다.

하지만 난, 진호도 사랑해.

나는 또 그렇구나, 라고 대답할 수밖에 없다. 진이 걸고 있는 두 개의 목걸이가 방금 내뱉은 진의 말을 야유하며 반짝인다. 진이 어떤 목걸이를 하든 내 관심사는 아니다. 단지 목걸이가 상징하는 그 무언가에 맥이 빠질 뿐이다.

진이 휴대폰을 받는다. 그리고 핸드백에서 나무젓가락과 파우치를 꺼내서 바깥으로 살그머니 나간다.

언니, 어머님 연애하시는 거 같던데, 알아요?

보라가 대뜸 묻는다. 느닷없이 술이 확 깨는 이 소리는 뭐지? 우리 엄마? 연애? 도무지 갈피를 잡을 수 없다. 더더군다나 나도 모르는 우리 가족의 내막을 보라가 어떻게 아는 건지도 정말이지 모르겠다.

엄마가 아침 일찍부터 외출을 하는 게 수상쩍긴 했다. 동네 아줌마들이랑 수다를 떨며 소소한 일거리를 도모하거나,

몰래 아르바이트라도 하는 줄 알았다. 연애라니. 히터가 돌아가서 그런지 술기운이 잘 가시지 않는다. 머리가 핑글핑글 어지럽다. 우선 내 머릿속부터 아퀴를 지어야겠다.

그럴 수도 있다. 엄마와 아빠는 이혼한 지 오래됐다. 8년인지 9년인지, 그쯤 됐다. 게다가 아빠는 여자를 새로 만났다. 그러니 엄마라고 다른 남자를 만나지 말라는 법은 없다. 하지만 엄마는 연애를 소위 '연애질'이라고 표현하는 사람이다. 그런 건 아무짝에도 쓸모없는 너절한 감정이라고 생각한다. 연애를 마치 옆집의 최신식 비데쯤으로 여기는 사람이다. 써 보지도 않았고, 쓰지 않고도 잘 살아왔으니 사는 데 문제가 없다고 생각한다. 아마도 보라에게 무언가 착오가 있었겠지.

바람이라도 쐬려고 식당 밖으로 나간다. 코끝으로 맵싸한 바람이 닿아 몸서리가 쳐진다. 레스토랑 건물이 끼고 있는 작은 마당 앞에서 진이 나무젓가락을 들고 있다. 나무젓가락에서 삐죽하게 튀어나온 담배 끝으로 하얀 연기가 가늘게 흘러나온다.

나왔어요? 아, 춥다.

진이 말하며, 나무젓가락 사이에 꽂은 담배를 입에 물고 한 모금 쭉 빨아들인다. 진의 분홍빛 입술에서 담배 연기가 뿜어 나온다.

뭐 하시는 거예요?

보면 몰라요?

담배 피우는 거잖아요.

맞아요. 그런데 왜 나무젓가락에 끼고 피워요?

히힛, 손가락에 담배 냄새 배잖아요. 조금 있다가 남편이 이 앞으로 데리러 오기로 했거든요.

나는 지금 무슨 말을 들은 건지 몰라서, 머리를 흔들다가, 아무 말도 나오지 않아서 허공에 날리는 담배 연기만 멍하니 바라본다.

히히.

진이 개구쟁이처럼 짓궂은 웃음을 야트막하게 뱉어 낸다.

그 인간, 진호, 나 때문에 사는 게 죽을 맛일 거야.

검정색 에쿠스가 타이 레스토랑 앞에 선다. 진이 차를 향해 폴짝폴짝 뛰며 손을 흔든다. 진의 남편이 진을 데리러 온 것이다. 진은 취해서 차를 식당에 맡기고 가기로 했다.

차에서 회색 양복 차림의 남자가 내린다. 옅은 분홍색 넥타이를 하고 있다. 키가 훤칠하고 스마트한 인상이다. 멀리서 봐도 꽤 멋쟁이라는 걸 느낄 수 있다. 진이 남편의 목덜미를 끌어안고 대롱대롱 매달린다. 정말이지 철부지 어린애 같다. 진의 남편은 진을 매단 채로 보라와 나에게 허리를 굽혀 인사를 건넨다. 보라와 나도 엉거주춤 인사를 한다.
 진이 전철역까지 데려다 주겠다며 차에 타라고 한다. 진의 남편도 진을 거들어 우리에게 차에 타라고 권한다. 보라와 나는 재차 거절한다. 진의 남편이 운전하는 차에 타는 건 아무리 생각해도 내키지 않는다.
 이렇게 귀여운 후배들이 있었는지 몰랐네. 당신보다 한참 어려 보여.
 진의 남편이 힐끗 뒤를 바라보며 말한다. 보라와 나는 동시에 선웃음을 지으며 차창 밖으로 시선을 돌린다.
 당신이 내 친구들 다 아나 뭐. 너무 귀엽지 않아?
 진이 혀 짧은 소리를 낸다. 진이 뒤를 돌아보며 자신의 팔을 쭉 내민다. 보라의 볼을 살짝 꼬집고 흔든다.
 아, 너무 귀여워서 미치겠어.
 핸들을 잡고 있는 진의 남편이 백미러로 뒷자리를 보며 입을 뗀다.
 이해해요. 세진이가 형제가 없거든요. 그래서 나이 어린 여동생들만 보면 예뻐서 어쩔 줄 몰라 해요.
 진의 남편이 방금 한 말이 왜 이리도 불길하게 들려오는 걸까. 혹시 나와 보라를 만나기 전에도 이런 식의 만남이 있었던 건 아닐까. 레스토랑 앞마당에서 진이 말한 얘기로 짐작해 보면 그럴 수도 있다. 진과 그는 아주 오래된 연인이었다. 볼 거 못 볼 거 다 보아 온 사이다.

   토요일, 압구정동은 자동차들로 북새통이다. 차가 좀체 앞으로 전진하지 못하고 있다. 사거리는 제대로 엉켜 있다. 마치 그와 진, 보라, 나처럼. 신호가 바뀌어도 차 한 대가 지나가기 어려울 정도다. 차창 밖에 손을 내밀어 본다. 정지해 서 있는 공기가 손바닥에 고인다.

   자기 좀 놔줄 수 없겠냐고 하더라고요. 이제 그만 짐 덜고 정상적으로 마음 편안히 살고 싶다고. 송이 씨, 그런데 있잖아요. 이건 송이 씨한텐 너무 미안한 얘긴데 말이에요. 나 진호 못 놔줘. 걔 놔주는 순간 나란 인간은 무너지고 말 거야.

   진은 담배꽁초를 구둣발로 비벼 끄며 말했다. 진이 멋쩍게 미소 짓는데 눈에는 아득한 슬픔이 고여 있었다. 그러고는 어깨를 들썩하며 진이 말을 이었다.

   사실 결혼하고 나면 진호와 헤어질 수 있을 거라 생각했어요. 진호가 아닌 그 누군가를 만나도 진호와의 질긴 연이 끊어지지 않는 거야. 나도 어느 순간에는 넌더리가 나더라고요. 그래서 나를 결혼이라는 제도로 묶어 버리면 될 줄 알았어요. 진호도 내가 결혼한다니까 진심으로 기뻐하며 축하해 주더라고요.

혹시, 가을에 결혼하신 거예요?

그와 파스쿠치에서 만났던 날, 그가 누군가 결혼한다며 좋아했던 일이 떠오른다.

어떻게 알아요?

그냥…….

아, 내가 전화했을 때 같이 있었나 보구나.

네.

히힛, 진호, 내가 얼마나 혐오스러울까? 그러면서도 그 끈을 놓지 못하는 자신은 또 얼마나 싫을까. 송이 씨가 잘해 줘요. 난 진호한테 받기만 해서 주는 건 못 해. 습관이라는 게 무섭잖아요? 아무튼 내가 진호를 못 놔주는 건 내 사정이니까 어쩔 수 없는 일이고, 진호는 정상적으로 살고 싶다고 하잖아요. 그건 이미 송이 씨한테 마음이 기운 거 아니겠어요? 후훗, 보라일 수도 있지만.

나는 무릎을 굽혀 웅크리고 앉아 진의 얘기를 들었다. 마당에 깔린 잡초를 손끝으로 쓰다듬고 있었다. 바삭바삭 메마른 누런 잡초 끝에 엄지를 올리며 물었다.

어떻게 만난 거예요, 둘이는.

언니, 우리 저기서 내려요.

보라가 내 허벅지 위에 손을 올리며 자그마한 음성으로

소곤댄다.

어? 저기?

네, 저기 압구정역. 저기서 전철 타고 가요.

보라가 내게 눈짓으로 사인을 보낸다. 진이 운전하고 있던 남편을 살갑게 끌어안는다. 진의 남편이 당황해서 핸들의 방향을 잘못 잡은 탓에 차가 휘청한다. 그리고 진은 자신의 볼을 남편의 볼에 마구 비벼 대며 까르륵, 웃음을 흩뿌린다. 진의 남편은 진의 애교 넘치는 행동이 몹시 마음에 드는가 보다. 민망하다며 얼굴을 붉히면서도 웃고 있다.

우리 한잔 더 할까?

지하철 입구에서 내가 보라에게 제안한다. 시간도 아직 이르거니와 집에 가서 도대체 맞춰지지 않는 퍼즐을 맞출 생각을 하니 더 괴로울 것 같다.

그래요.

특별히 반기지 않으면서 또 아주 싫은 기색도 아니다. 그러려면 그러든가, 아니면 말든가 하는 식의 단조로운 어감과 표정이다. 어둑해진 밤거리, 휘황하게 빛나는 간판 불빛 탓에 지나가는 사람들의 얼굴이 울긋불긋하다. 그 유난한 색감 틈새로 보라의 무표정한 얼굴이 더욱 도드라진다. 나는 괜스레 보라의 팔짱을 끼어 본다.

에이, 술은 섞어 마시면 안 되는데.

실업 급여로 간신히 버티는 주제에 진처럼 좋은 와인을 사 줄 수도 없는 노릇. 나는 지갑 궁한 티를 팍팍 내면서 우물쭈물한다. 보라가 내 손을 끌어당기며 포장마차의 주황색 휘장을 들추고 들어간다. 나이도 어린데 명민한 구석이 있는 애다. 좀 만만하게 굴기도 했는데 저렇게 빤한 눈칫밥을 드러낼 때면 자꾸 나 자신을 다잡게 된다.

플라스틱 의자에 앉자마자 찬 기운이 엉덩이에 배긴다. 모락모락 김이 오르는 오뎅 국물이 군침을 돌게 한다. 포장마차에서만 느낄 수 있는 이 청승맞은 분위기 때문에 술이 확 당긴다.

난 그런 구차한 사이 아니니까 염려하지 마요.

보라가 만난 이래로 처음, 엷은 미소를 띤다. 진의 미소가 액세서리처럼 그 사람을 돋보이게 하는 매력이 있다면, 보라의 미소는 보석함에 고이 간직한 원석처럼 진귀한 매력이 있다. 그만큼 자주 보기 쉽지 않았다.

오빠랑 처음 만났을 때, 우리 둘 다 많이 힘든 때였어요. 그래서 만나면 같이 영화도 보고 밥도 먹으면서 서로의 고민을 나눴어요. 이상했어요. 누군가에게 내 상황을 솔직히 털어놓으면 사람들은 대개 그 이후부터 나를 함부로 대하는 경향이 있었거든요. 솔직히, 쉽게 한번 자 보려고 수 쓰는 게 너무 눈에 보이는 남자들도 있었어요. 그런데 진호 오빠는 더 조심하는 거예요. 저와 그런 관계를 가지려고 하기는커녕 더 걱정해 주고 챙겨 주기도 했어요. 그때부턴가 진호 오빠가 마치 아빠 같고 오빠 같고 그랬어요. 가족처럼 믿을 수 있는 그런 사람요.

보라가 그와의 관계를 허심탄회하게 털어놓는다. 그는 한 명이지만, 그 안에 사는 건 한 명이 아니었을까. 만나는 사람에 따라 파생되는 빛깔이 달랐던 걸까. 나에게는 보라에게처럼 그러지 않았으니까. 그는 나에게 가족 같은 느낌은 아니었다. 철저하게 남자. 어쩌면 여성스러운 성격을 소유한 나와 잘 맞는 남자.

보라의 눈빛에는 나에 대한 적개심이 전혀 느껴지지 않는다. 그건 진도 마찬가지였다. 어쩌면 보라가 보고 있는 내 눈빛도 그러할지 모른다.

보라는 지난번 우리 집에 왔을 때, 그가 나를 좋아하는지 아느냐고 물었다. 처음엔 그 의도가 불순하게 느껴졌다. 내가 만나는 남자의 다른 여자 친구가 한 말을 어찌 선의로만 순순히 받아들이겠는가. 아까 진도 보라와 비슷한 말을 했다. 나보고 그에게 잘해 주라고 당부했다. 왜 이렇게까지 된 건지는 잘 모르겠다. 하지만 이것만큼은 확실할 것이다. 진이나 보라나 내가, 그와의 관계를 서로 나쁘게 치부하지 않는다는 점. 그런 생각이 잔에 담긴 투명한 소주 위에서 잔잔하게 너울거린다.

　진호 오빠, 불쌍한 사람이에요.

　불쌍하다니…….

이 어린 여대생이 그에 대해서도, 또 우리 엄마에 대해서도 나보다 더 많이 아는 듯한 느낌이 든다. 나는 저 애가 그런 사실들을 다 알도록 여태 무얼 한 걸까. 은닉한 그림자가 보라의 앳된 얼굴을 휙 스쳐 간다. 그가 불쌍한 사람이라고 말하는 보라의 얼굴을 가만 보고 있자니 문득 그의 내면보다는 보라의 사연이 더 궁금해진다.

　보라가 한 잔 가득 든 소주를 딱 반만 마시고 내려놓는다.

　내일 오전부터 알바 있거든요. 술 너무 많이 마시면 일하기 곤란해서요. 오늘 언니들 만나려고 빼먹어서 내일은 두 타임 뛰어야 해요.

　보라가 멋쩍게 웃는다. 아르바이트까지 빼먹고 온 마음, 다는 몰라도 조금은 안다. 나 또한 보라와 진을 만나고 싶었고, 무슨 얘긴가 하고 싶었다. 그녀들과 내가 한 남자를 만난다는 이유로, 우리는 비슷한 생각을 하고 있었을까. 내가 진에게 전화를 걸었던 것도, 진이 내가 전화를 걸었을 때 뿌리치지 않은 것도, 진이 나를 찾아온 것도, 보라가 우리 집에 온 것도, 그리고 그 후에 다시 찾아온 것도, 모두 한 가지 이유일 것이다. 그러므로 오늘 우리는 만나게 된 것이다.

피곤하면 그냥 갈까?

괜찮아요.

내가 잔에 담긴 소주 한 잔을 다 기울여 마신다.

세진 언니 좋은 사람이에요. 참 좋은 사람인데, 진호 오빠한테 한 거 들어 보면 내가 알고 있는 사람과 내가 들은 사람이 매치가 잘 안 돼서 혼란스럽기도 했어요.

다 그렇지 뭐.

한번은, 진호 오빠가 선봐서 만난 여자와 잘 진행되고 있었대요. 그런데 세진 언니가 난동을 부렸나 봐요. 진호 오빠에게 행패 부리고, 자살한다고 난리 치고. 결국 자기는 딴 남자랑 결혼할 거였으면서.

그렇구나.

어디 무서워서 딴 사람 만나겠어요?

…….

목으로 넘어간 소주 뒷맛이 시금털털하다.

그래서 내가 찾아갔어요. 도저히 못 참겠더라고요. 진호 오빠, 나에겐 가족처럼 애틋한 사람이니까요.

앞에 있는 오뎅 국물을 떠서 먹는다. 청양 고추가 들어갔는지 국물 맛이 몹시 맵다.

너무한 거 아니냐고. 이제 진호 오빠 좀 놓아주라고 얘기하려고 찾아갔는데…… 생각했던 것보다 사람이 좋은 거예요. 그리고 더 알게 됐을 땐, 좀 안된 느낌도 들었고…….

세진 언니…… 좋은 사람이지.

저보고요, "네가 진호를 책임지면 내가 물러날게."라고 웃으면서 말하잖아요.

응?

저처럼 어린애가 진호 오빠랑 살면 좋겠다면서요.

정말?

아니요. 그냥 해 본 소리예요. 그렇게 안 될 줄 알고, 그래서 한 소리잖아요. 세진 언니 보면 모르겠어요?

내가 대답 대신 키득키득 웃는다. 진의 말투와 행동이 떠올라서, 보라의 말을 쉽게 납득할 수 있다. 보라가 소주잔에 남은 나머지 반을 깨끗이 삼킨다.

둘이, 첫사랑이래요.

응?

세진 언니랑 진호 오빠, 첫사랑이래요.

'첫사랑'이라는 말이 포장마차 앞을 지나가는 오토바이 소리에 묻힌다. 어쩐지 진과 보라와 나의 만남이 여기서 끝날 것 같진 않다.

9
목걸이 클럽

그가 지난 생일에 선물하지 못한 걸 아쉬워하며 생일 선물을 골라 보라고 한다.

그런 걸 어떻게 직접 골라, 라고 말하면서도 나는 두리번거리기 시작한다. 백화점 1층은 가장자리를 빙 둘러서 명품 브랜드 숍이 있고 중앙에는 화장품 코너와 액세서리, 준보석(準寶石) 코너가 있다.

필요한 거 없어?

내가 잘 고르지 못하고 빙빙 돌자, 그가 묻는다. 아이 크림이 떨어지긴 했지만 다 쓰고 나면 흔적도 없어질 선물은 달갑지 않다. 명품은 엄두도 못 내겠고 그렇다고 화장품도 싫다. 내가 선택할 수 있는 품목은 아무리 봐도 액세서리나

보석류 쪽이다. 나는 각종 보석류를 실컷 구경한다. 그는 고분고분 내 꽁무니를 따라다닌다. 그가 이따금씩 저건 어때? 라고 묻기도 한다. 나는 썩 내키지 않은 표정으로 그의 말을 무시하고는 다른 매장 쪽으로 가서 어슬렁거린다.

G 매장 앞에서 걸음을 멈춘다. 진열장 안에 꽃잎 모양의 펜던트가 달린 목걸이가 눈에 띈다. 꽃잎 모양 디자인이 심플하고 예쁘다.

저거 예쁘다.

내가 손가락으로 꽃잎 펜던트 목걸이를 가리킨다.

해 봐.

그가 말하며 목걸이를 유심히 바라본다.

얼마예요?

내가 점원에게 묻는다.

98만 원요.

점원이 대답하는 동시에 가슴이 달캉 내려앉는다. 마치 남자를 뜯어먹는 꽃뱀이 되기로 결심한 것처럼 겨드랑이가 후끈하고 땀이 흠씬 밴다.

예쁘네. 빨리 해 봐.

그가 부추기자, 점원이 하얀 장갑을 끼고 진열장 안에 있는 목걸이를 서둘러 뺀다. 그러고는 내 목에 걸어서 버클을 채워 준다.

잘 어울려. 자기랑 어딘지 모르게 닮았어.

그래?

응, 그걸로 해.

…….

 나는 그의 옷깃을 주뼛주뼛 끌어당긴다. 목걸이는 마음에 쏙 든다. 하지만 가격이 너무 비싸다. 내 돈으로 사는 거라면 한 번쯤 질러 볼 수도 있겠지만 지금은 엄연히 받는 입장이다. 이렇게 옹색맞은 내가 좋은 건 아니다.

 목걸이는 연인의 징표다. 진의 하트 펜던트 목걸이, 보라의 곰돌이 펜던트 목걸이도 모두 그에게 받은 그런 징표일 것이다. 그래서인지 더 신중하고 싶다. 우리는 아직 아무도 그로부터 '반지'를 받지 못했다. 우리는 그가 사 준 목걸이들 중의 하나일 뿐이다. 어차피 모두 걸어야 할 목걸이라면 그녀들보다 특별한 목걸이를 받고 싶은 욕망이 끓어오른다. 하지만 그게 꼭 비싼 것이길 바라는 건 아니다. 내가 다른 매장 쪽으로 옷깃을 끌어당기는데 그가 좀체 발걸음을 떼지 않는다.

 나는 그의 시선을 따라간다. 디올 매장에서 키가 훤칠하고 날씬한 여자가 나온다. 알이 큰 검정색 선글라스를 끼고 호피 무늬 미니스커트를 입은 여자가 이쪽으로 걸어온다. 양손에는 돌체 앤드 가바나 쇼핑백이 한 꾸러미다. 나는 그의 손을 잡다 말고 그 여자 쪽을 바라본다. 이쪽으로 보폭을 넓혀 걸어오는 건 바로 진이다! 진이 선글라스를 머리 위로 올린다. 그가 내 손을 잡고 잽싸게 몸을 돌려 방향을 튼다. 청량한 발자국 소리가 또각또각 짓궂게 따라온다.

안녕?

진이 그와 나의 뒤를 쫓아와 등 뒤에 대고 친근하게 인사를 한다. 그가 주춤하다가 잡고 있던 손을 스르륵 놓는다. 그가 놓아 버린 내 손바닥에 그의 손에서 스민 땀이 축축하다. 일순 손바닥이 서늘해진다.

어, 어……

그가 고개를 돌려 어눌하게 대꾸한다.

이런 데서 만나네.

진이 나를 쳐다보지 않은 채 그에게 말한다. 나는 그 옆에 멀뚱히 서 있다. 진에게 알은척 할 수도 없다. 진과 보라와 나는 철석같이 약속했다. 피차 좋을 것이 없으니 우리가 만난 것을 비밀에 붙이기로 했다. 나는 죄인처럼 눈을 내리깐다.

어, 그러네.

누구?

진이 태연한 동작으로 나를 가리키며 그에게 묻는다. 그의 얼굴에 당혹스러운 기색이 역력하다.

어, 어…….

친구?

진이 그의 말을 천연스레 가로챈다. 아무 말 없이 그가 고개를 천천히 끄덕인다.

안녕하세요, 오세진이에요.

진이 검정색 매니큐어가 칠해진 기다란 손을 나에게 내민다. 나는 가슴이 벌렁거리는 걸 간신히 움키며 진의 손을 잡는다.

그럼 쇼핑 잘 해.

그가 서둘러 말하곤 내 손목을 잡아당기며 돌아선다. 진과 맞잡았던 손이 순식간에 떨어진다. 내 손바닥에 진에게서 스민 레몬 향이 스친다. 그의 땀에 희석된 레몬 향이. 지하 주차장으로 가기 위해 1층 에스컬레이터 앞에 선다.

잠시만.

그가 에스컬레이터로 발을 디디려는 순간 내 손의 완력으로 그를 붙잡는다.

왜 마음은 종잇장보다 가벼운 것일까.

지난 생일, 진과 보라를 만났을 때만 해도 나는 그녀들과 무척 가까워진 느낌이었다. 친구나 형제지간에도 나눌 수 없는 농도 짙은 교감을 나누었다고나 할까. 계속 그녀들과 만나고 싶은 마음이 들었다. 그리고 더 가까워지고 싶었다. 그녀들을 만난 후로, 나만이 그와의 관계가 어긋난 게 아니라는 안도감마저 들었다. 야릇한 공범 의식이었다. 쓰레기가 버려진 길거리에 휴지를 던지는 것처럼, 불안감은 오히려 줄어들었다.

내 속에서 피폐해지던 감정과 행동도 모두 드러낼 수 있을 것만 같았다. 치유할 수 있을 것 같았다. 그리고 실제로 그랬다. 나만이 아니라 그녀들도 그런 것 같았다. 정작 그에게 표현하고 싶었던 여러 의문이 그녀들에게 쏟아졌다. 그녀들은 조금 당황하거나 밝게 웃거나 혹은 계면쩍게 웃는 얼굴로 나를 이해하고 받아 주었다. 그리고 나도 그랬다. 서로의 속을 내보이자 그녀들과 누구도 범접하지 못할 친밀감이 형성되는 듯했다.

그녀들은 뜻밖에도 재밌고 좋은 사람들이었다. 하지만 그리 단순한 문제가 아니었다. 어쩌면 그녀들이 좋은 사람들이란 확신이 드는 그 순간부터 상황은 더 복잡해졌다.

사실 그는 내 이상형이 아니었다. 뭐 이 나이에 꼭 이상형을 고집하는 건 아니다. 여자들의 이상형이란 얼마나 변화무쌍하고 때로 허무한가?

그에게 호감을 갖는 이유는 여러 가지가 있다. 그와 연인이 되고픈 이유 말이다. 그는 한마디로 성격이 좋다. 짜증이나 화를 내지 않고 사소한 일 하나하나에도 배려심이 깊은 사람이다. 그리고 가장 중요한 건 나와 여러모로 대화가 잘 통한다. 좋아하는 음악도, 음식도, 영화 장르도 비슷한 것 같다. 심지어 예쁘다고 생각하는 여자 연예인도 같다. 어디 그뿐인가. 키스도, 섹스도 완벽하리만치 잘 통한다. 물론 이건 착각일 수 있다. 세상에 완벽하게 같은 취향을 가진 사람은 없을 것이다.

나는 이따금씩 똑같은 질문을 스스로에게 던지곤 한다.

너, 이 남자를 사랑하니?

나는 그를 사랑해서 헤어지지 못하는 것일까, 헤어지지 못해서 사랑하는 것일까. 혹시 이 뒤얽힌 현실에 집착하는 것은 아닐까. 이토록 지지한 상황에 깊이 빠져, 사랑이라고 우기는 건 아닐까. 역시, 혼란의 연속이다.

우리 셋 중에 누가 그를 더 사랑하는 것일까. 그는 도대체 누구를 사랑하는 것일까. 이런 의문이 차츰차츰 부풀었다. 마치 풀기 힘든 수학 문제 같았다. 하지만 내 머리로 감당할 수 없다고 적당히 찍을 수도 없는 문제였다.

우리는 어떤 잣대에 맞지 않으면 상대를 교체하곤 한다. 그것은 맥도날드에서 버거킹, KFC에서 파파이스, 피자헛에서 도미노로 바뀌는 시간보다 더 빠른 경우가 허다하다. 만약 상대를 교체하는 게 어렵다면? 방식을 교체하는 일은 불가피하다.

　그런 식으로 생각을 정리하니까 그녀들과 그를 공유한다는 사실에 선 날카로운 반감이 조금 수그러들었다. 왜냐고? 지금 상대를 교체하고 싶은 마음이 추호도 없기 때문이다. 그리고 그에 대한 그녀들의 감정이 내 감정처럼 하찮게 느껴지지 않기 때문이다.

　그런데도 가끔은 그를 향한 맹렬한 소유욕을 느낀다. 그를 온전하게 내 소유로 만들고 싶은 궁리와 그녀들과의 교감이 얄궂게 교차했다. 그의 얼굴을 보고 있으면 더더욱 그랬다.

　그가 나를 빤히 쳐다본다.

　그는 내게 솔직하지 못했다. 진이나 보라에 관해 털어놓지 못한 것이야 막 쌓아 올린 나와의 관계가 무너질까 우려하는 마음이겠지. 같은 이유로 나 또한 무언가 철저히 숨기고 있으니까.

　하지만 또 어느 부분에서 그는 과감할 정도로 솔직하다. 이를테면 생리적인 몸의 반응에 관해서 말이다.

　만져 볼래?

　나는 무슨 얘긴지 알면서도 모른 척 시치미를 뚝 뗀다.

　뭘?

　섰어.

그가 속삭인다.

응?

주체할 수 없이 섰다고.

나는 웃음으로 응수하며 태연스레 짬뽕 면을 후루룩 삼킨다.

그와 나의 언어가 투명해지는 순간은 몸으로 말할 때다. 그는 몸의 생리적 반응만큼은 티끌도 남기지 않고 털어놓는다. 남대문 시장에서 파는 칼국수 맛처럼 담백하면서도 어딘지 모르게 불량스러운 느낌. 그렇다고 놀라울 정도로 불거진 과감한 언어들이 음흉하게 느껴지진 않는다. 나 또한 즐기기 때문이다. 그리고 그 부분에서만큼은 그가 무언가를 숨기지 않는다는 점에서 퍽 위안된다.

이렇게 시도 때도 없이 불뚝불뚝 서는 건 태어나서 처음이야.

어린애가 물가에서 놀다가 우연히 고기를 손에 낚은 것처럼 들뜨고 신기한 표정이다. 내가 우리의 '육체 탐험'에 대해 반감이 없어서일까. 그런 그의 표정이 순수해 보일 따름이다.

내가 손짓을 까딱까딱 하고 내 옆 자리를 손바닥으로 툭툭 친다. 그가 주저하지 않고 후다닥 내 옆으로 건너와서 앉는다. 자리가 종업원들의 눈길이 닿지 않는 구석이라 다행이지 싶다. 그가 잔뜩 기대한 채로 흥분한 기색이다. 어차피 이 중국집 안에서 할 수 있는 건 한정돼 있다. 내가 그의 불거진 면바지 위를 만진다.

청바지 입으면 걷기가 너무 힘들어. 수시로 서니까.

그가 저쪽으로 지나가는 웨이터의 눈치를 본다. 천진하게 웃는 그의 얼굴을 보니, 조금 전에 삼킨 짬뽕 면이 얹힌 듯 거북스럽다. 그의 이런 웃음 앞에서 그에 대한 지독한 집착이 깃든 진의 눈빛이, 그에 대한 믿음이 확고한 보라의 눈빛이 아슴아슴 떠오른다. 짬뽕 면이 속에서 퉁퉁 불은 게 느껴진다.

지금 그와 내가 서로에게 가장 솔직한 부분이 바로 몸에 관한 소통이다. 사람이 어느 부분에서 명쾌해진다는 건 그 부분만큼은 도려낼 수 없을 정도로 깊은 뿌리를 박고 있다는 근거일 수도 있다.

그걸 이용해? 다른 빛깔은 다 걷어치우고 내 빛깔만 온전하게 남아 있도록? 이런 유치찬란한 계산이 양파 껍질 벗듯 하나씩 벗어진다. 다 벗기고 나면 어차피 더 작은 양파 알맹이만 남아 있을 것을, 굳이 씩씩하게 벗겨 낸다.

나가서, 차에 가자.

그가 다급해진 음성으로 말한다.

왜?

능청을 떠는 나.

나 지금 하고 싶어.

그의 말투가 점점 빨라진다.

나, 오늘 시작했는데.

앞에 놓인 짬뽕을 젓가락 끝으로 끼적대며 말한다.

벌써? 어…… 이상하다. 아직 아닌데.

그가 허공을 향해 눈을 깜빡이며 손가락으로 날짜를 세어 본다. 그래 봤자 소용없다. 오늘은 내 심기가 꼬여서 내 몸도 파업이다.

원래 들쑥날쑥해.

그가 현주와 만나기로 한 삼겹살 가게에서 50미터쯤 떨어진 곳에 나를 내려 준다. 함께 들어가고 싶은 은근한 눈치를 꾸준히 보낸다. 나와 가장 친한 친구라고 했으니 보고 싶겠지. 아직까지 단 한 번도 친구를 보여 준 적 없으니 서운한 마음이 들 수도 있을 테고. 하지만 현주에게 이미 그와 헤어진 것으로 얘기를 해 둔 상태고 아직 번복하지도 않았다. 이런 복잡한 관계를 다 까발릴 수 없어서 말하지 못했다. 그리고 더 중요한 건 지금 삼겹살 가게 안에 현주만 있는 게 아니다.

친구가 안 좋은 일이 있어서. 다음에는 꼭 같이 보자.

그래, 그럼 잘 만나.

응, 잘 가.

그의 차가 출발한다.

나는 오늘도 진실과 거짓이 반씩 섞인 말로 그를 따돌린다. 그도 서운했는지 풀이 죽었지만 나쁜 기색 없이 돌아선다. 저대로 그냥 집에 돌아갈까. 어림짐작으로는 진이나 보라를 만날 것이다. 그러니 별로 걱정이 되지도 않는다.

어젯밤 현주에게 전화가 왔다. 현주는 자신의 아이디로 싸이월드에 들어가 보라고 재촉했다. 나는 이전에 사귀던 남자와 헤어지면서 싸이월드를 폐쇄했다. 사진을 정리하기가 여간 번거로운 게 아니어서 깡그리 없애 버렸다. 전화기를 든 채 현주의 아이디로 싸이월드에 들어가 보았다.

방명록에 '연락 좀 하자.'라는 짧은 글 위에 '박준규'라는 이름이 자그맣지만 반듯하게 찍혀 있었다. 박준규. 내가 어찌 그 이름을 모를까. 현주와 나와 같은 중학교를 나온 동창생. 공부도 잘하고 농구까지 잘했던, 제법 키가 컸던 녀석. 체육대회 때는 릴레이 선수로 뛰며 전교 여학생들을 흥분의 도가니로 몰고 갔던 멋진 녀석. 내가 1년 동안 익명으로 몰래몰래 편지를 보냈던 그 박준규! 나의 첫사랑!

나는 재빨리 박준규의 이름을 찍고 준규의 미니 홈피로 들어갔다. 홈피 에디트에는 '새로운 도약'이라는 당찬 문구가 쓰여 있었다.

내 눈은 있는 대로 커지고, 입은 무슨 성악가처럼 힘주어 벌어졌다.

정말 멋있어졌지?

현주는 내가 어떤 표정으로 준규의 사진을 보고 있을지 알고 있었다.

입 좀 다물어라.

수화기에서 나를 자제시키는 현주의 음성이 넘어왔다.

얘가 그 박준규 맞아? 그 여드름?

그랬다. 정말 모든 게 괜찮았다. 그런데 중학교 3학년 때부터 준규의 얼굴엔 굵은 여드름이 수두룩 빽빽했다. 그때부터 준규의 인기가 급속하게 추락했다. 그 나이의 여자 애들이 그렇듯 나도 얼굴만 봤다. 나까지도 절절한 연애편지를 더 이상 보내지 않았다.

준규의 사진을 보고 있자니 연애편지를 보냈던 시절로 돌아가 있었다. 귀밑 단발머리를 했던, 볼따구니가 통통했던 한송이. 솔깃했다.

벌써 도착해서 앉아 있는 현주와 준규가 자리를 가리키며 손을 흔든다. 현주의 팔이 펄럭펄럭 흔들린다. 내가 현주를 보며 약간 인상을 구긴다. 왜냐하면 내가 준규에게 익명으로 편지를 보냈던 사실을 유일하게 알고 있는 사람이 현주기 때문이다.

사이사이 흰 비계가 낀 삼겹살이 뜨거운 돌판 위에서 지글지글 익고 있다. 준규가 게임 프로그래머로 일하다가 얼마 전 선배와 같이 작은 게임 회사를 차렸다고 말한다.

어머, 요즘 게임 산업이 꽤 짭짤하다며.

현주가 준규의 어깨를 치며 나를 의미심장하게 힐긋거린다. 나는 현주의 그런 행동을 준규에게 들킬까 봐 조마조마하다. 이런 상황을 모면하고자, 소주잔에 노릇한 백세주를 따라서 건배하길 권한다.

현주와 준규는 죽이 척척 맞는다. 준규가 현주의 중학교 때 별명을 기억하고 나서부터다. 현주는 눈이 부리부리하게 커서 별명이 '오드리 헵번'이었다. 뭐 지금은 '오드리 될 뻔'으로 불리고 있지만. 현주가 깔깔 웃다가 휴대폰을 들고는 화장실에 간다.

내가 현주한테 너랑 같이 보자고 했어. 너희 둘이 베스트잖아.

그랬니?

이 새침한 말투는 또 무얼까. 나는 삼겹살 하나를 집어 기름장에 찍어 먹는다. 원래는 상추에 마늘, 고추까지 다 넣고 쌈장을 듬뿍 넣어 먹는데 지금은 그러기 싫다.

어머, 어쩌지? 나 가 봐야 할 일이 생겨서.

현주가 자리에 앉으며 미안한 표정으로 말한다. 준규가 눈을 끔뻑거린다. 준규의 기다랗고 무성한 속눈썹을 보니, 더 이상 이곳은 삼겹살 가게가 아니다. 어깨만 스쳐도 가슴이 동당거리던 그 시절, 학교의 긴 복도다.

왜?

준규가 묻는다.

어, 남자 친구가 나 오늘 약속 있는 줄 모르고 집 앞에 왔대. 봐서, 헤어지면 다시 합류하자.

쳇. 남자 친구는 무슨. 차인 지 얼마 되지도 않았으면서. 하지만 안다. 저 계집애가 나를 위해서 지금 자리를 피해 주고 있다는 걸.

되도록 빨리 합류해.

나는 이런 마음에도 없는 소리를 지껄인다.

준규와 나는 삼겹살을 집어 먹으며 서로의 근황을 짧게 주고받는다.

일은 배울 만큼 배웠다는 생각이 들더라고. 그래서 이제는 내가 원하는 일, 잘할 수 있는 일을 시작하고 싶어.

내가 차마 잘렸다는 말은 못 하고 대충 회사를 그만둔 얘기를 한다.

처음에 내가 이 일을 시작했을 때만 해도 이렇게까지 될 줄 몰랐어. 시기를 잘 만난 것 같아.

그래도 가끔, 늘 옆 자리에 있던 동료의 콧날은 그립더라. 생김새는 그냥 그랬는데 옆에서 보는 콧날은 뺏고 싶을 만큼 예뻤거든.

그래? 아, 그런데 요즘은 게임 쪽도 과다 출혈이 있어서, 성급하게 밀어붙이지 않으려고.

이상하게도 이야기가 어긋나고 있다. 그래서 내가 사귀는 사람 있느냐고 화제를 바꾼다. 대답은 깔끔하게 '없다.' 다. 서로 애인이 없다는 푸념을 늘어놓는다. 내가 왜 사귀는 사람이 없다고 말할까. 그에 대한 응징 같은 것이지. 그에게 숨겨 둔 애인들이 있다면 (더 이상 숨겨진 애인도 아니지만) 나도 그러지 말라는 법은 없다. 아니, 어쩌면 그쪽에 집착하지 않기 위해선 나 또한 다른 애인을 필수적으로 만들어야 할지 모른다. 눈에는 눈, 이에는 이! 동등하게 관계를 끌고 나가 보자.

기억에 남는 중학교 때 얘기를 주거니 받거니 하고 나자 딱히 할 얘기가 없다. 준규가 자신의 사업 얘기를 열심히 하는데 나는 게임 쪽에는 젬병이라 도대체 알아들을 수가 없다. 지루할 따름이다. 그래서 홀짝홀짝 백세주를 마시다보니 술기운이 거나하다. 무료한 틈을 타서 준규가 입을 뗀다.

남자 친구 생기면 가장 해 보고 싶은 게 뭐야?

…….

나는 술잔을 입에 대다 말고 준규를 본다. 글쎄. 키스? 섹스? 여행? 너 정도면 결혼? 뭐 이런 생각을 빙글빙글 돌리다가 다소곳이 술잔을 내려놓는다.

남산 타워에 가 보고 싶어.

응? 남산 타워?

첫 키스 하기 전에 그가 보였던 반응과 한 치도 다르지 않은 반응이다.

남산 타워에 가 보지 못했거든. 내 마음을 모두 나눌 수 있는 사람이 생기면 함께 가 보려고 아껴 뒀어.

나도 그때와 한 치도 다르지 않게 똑같은 대답을 한다. 이런, 정말 큰일이다. 그때는 거짓말을 하려고 한 게 아니었다. 딱히 떠오르는 데가 없었는데 마침 남산 타워가 보였고, 그래서 즉흥적으로 한 말이었다. 정말 우연이었다. 그런데 지금 하는 거짓말은 의도가 다분히 불순하다. 한 번 속여 본 사람이 두 번도 세 번도 속이는가? 갈수록 뻔뻔스럽게 거짓말이 늘어간다. 하지만 이게 거짓말이든 아니든, 이 시점에서 내 앞에 앉아 있는 녀석은 조심스레 미소를 지을 것이다. 소박한 희망에 퍽이나 감동하여 잔잔한 눈빛을 보내올 것이다. 아무렴. 그가 강냉이를 입에 넣어 주었던 것처럼 준규도 주섬주섬 삼겹살을 입에 넣어 줄 수 있다.

앞으로 상장까지 생각하고 있어. 이 사업을 유망하게 보고 찾아온 투자자가 한둘이 아니야. 상장되고 나면 회사 규모가 더 커질 테니까. 부모님 기대가 이만저만이 아니야.

이 무슨 오차람? 이쯤에서 웃어야 하는데? 남자 친구가 생기면 뭘 가장 해 보고 싶으냐고 물어 놓고선 실컷 대답해 주니까 이 무슨 동문서답이란 말인가. 그리고 준규는 또다시 자신의 사업 얘기를 펼친다. 군대 얘기와 다를 바 없는 지루한 얘기다.

10
크리스피크림에 중독되다

글쎄…….

나는 소파에 앉아 휴대폰을 귀에 대고 있다. 엄마는 리모컨을 들어 여기저기 채널을 돌린다. 연방 바뀌던 화면에서 사극이 나오자 그제야 엄마가 리모컨을 내려 둔다. 몇 년 전 방영된 시청률이 꽤 높았던 사극이다. 케이블 방송에서 몇 번이고 재방을 했는데 그때마다 엄마가 보고 또 보던 드라마다.

알았어. 응, 응.

나는 그에게서 선물받은 목걸이의 꽃잎 모양 펜던트를 손끝으로 만지작거린다. 내 목에 가지런히 걸려 있는 목걸이의 꽃잎 모양 펜던트가 베란다 유리창에 비친다. 부담스럽긴 했지만 정말 마음에 들었다. 그런데 앙증맞은 꽃잎 모양 펜던트가 유리창에서 새끼손톱만 한 얼룩으로밖에 보이지 않는다.

누구니?

엄마가 사과를 깎다 말고 내게 묻는다. 그래서 대답하려고 했더니 엄마의 시선은 이미 사극으로 옮겨 가 그 속에 푹 빠져 있다.

아휴, 저런, 저런, 못된 년, 독한 년······.

엄마가 할 줄 아는 욕은 다 나오고 있다. 눈은 화면 속에 있고 손은 사과를 깎는 중이다. 엄마의 사과 깎는 실력을 보면 정말 30년 넘게 주부로 살아온 것일까 의심이 든다. 정말 볼품없이 깎는다. 껍질은 두껍고 모양은 삐뚤삐뚤, 한 바퀴도 돌리기 전에 뚝 끊기기 일쑤다.

사극의 배경은 조선 시대고, 왕 하나를 두고 후궁들끼리 경쟁을 벌인다는 스토리다. 그중 왕의 사랑을 독차지한 후궁을 음해하려는 계략을 짜고 있는 장면이다. 의기투합한 후궁들끼리 친근하게 다과를 즐긴다.

저렇게도 사랑할까. 다른 사람을 죽이고 싶을 만큼, 응?

엄마가 나를 쳐다본다. 내 의견을 묻고 있는 것이다.

무슨 소리야. 사랑? 쿡쿡, 저게 사랑해서 그러는 거 같아? 다 정치적인 이유가 있는 거잖아. 저게 자신의 이익을 도모

한 세력 싸움이지, 어떻게 사랑이야.

　내가 엄마에게 훈계하며 말한다. 그렇게 내뱉고 나니 지금 나의 상황이 드라마처럼 통속적으로 느껴진다. 그럼 나는? 나는 무슨 정치적인 이유가 있다고, 무슨 세력 싸움 할 게 있다고, 이렇게 한 남자를 두고서 다른 여자들과 친목을 도모하고 있는 거지? 지금이 조선 시대도 아니고, 그가 무슨 한 나라를 통치하는 왕도 아니지 않은가. 분명 사극 속 상황과는 다른 것이다. 하지만 다르지 않은 게 있다면 무언가와 끊임없이 '싸우고' 있다는 점이다.

　아 참, 아까 누구한테 전화 온 거야?

　엄마가 다시 생각났는지 재차 묻는다.

　응, 아는 언니가 이벤트 회사를 차렸는데 축하할 겸 들러야 해서.

　그래? 아 참, 혹시 보라가 일할 거라던 그 이벤트 회사니?

　보라? 보라가 이벤트 회사 다닐 거래?

　응, 어제 전화해서는 다음 주부터 아는 언니의 이벤트 회사 소속 도우미로 일을 할 것 같다고, 6개월 열심히 일하면 2년 치 학비는 벌 수 있을 거라고 들떠 있더라.

　보라가 전화했어?

　응.

　왜? 왜, 엄마가 보라랑 자꾸 통화하는 건데?

하하, 너, 질투하는 거니?

질투는 무슨. 엄마가 그 어린애랑 쿵짝이 맞아서 통화하고 그러는 게 좀 우스꽝스러워서 그렇지.

엄마가 포크로 찍어 사과 한 조각을 건넨다.

보라는 엄마가 안 계시잖니. 그래서 나를 보면 엄마 생각이 나는가 보더라.

엄마가 안 계시대?

나는 사과를 입에 넣으려다 말고 묻는다.

얘는, 넌 네 친구인데 그런 것도 모른다니.

……아, 그나저나 왜 형편이 곤란한 건가?

형편이 아주 나쁘진 않은가 봐.

그런데 왜 학비를 자기가 벌어?

가출했대.

엥?

아빠가 폭력이 심했나 보더라. 엄마가 아빠 폭력에 못 이기고 집을 나갔다가 객사했나 봐. 쯧쯧, 어린 나이에 그 험한 일을 다 겪었으니 그게 겉만 어린애지, 어디 그 나이에 걸맞게 살 수나 있었겠니. 난 그 점이 마음에 걸리더라. 고만한 나이 애들보다 너무 어른스러운 거 말이야.

엄마는 두 개째 사과를 깎는다. 두 명이서 먹을 건데 뭐 그리 많이 깎나 싶다.

그래도 아빠를 미워하진 않더라. 자신도 상처가 이만저만이 아닐 텐데, 글쎄, 제 아빠가 불쌍하다는 거야. 그래도 도저히 얼굴은 못 보겠다고, 그래서 집 나와서 혼자 힘으로 생활비도 벌고 학비도 벌고 그러나 봐. 대학에 들어간 지 3년째인데 여태 1학년밖에 못 마쳤더라고. 아휴, 고시원 같은 데서 사는 것 같던데 이 겨울에 난방이나 될지 모르겠구나. 그래서 내가 우리 집에 와 있으라고 했더니 한사코 거절하더라. 말이라도 고맙다면서.

나는 손에 들고 있던 사과를 한 입 베어 먹는다. 사과 조각이 부서지는 사각사각 소리에 혀가 베일 것만 같다. 보라가 언뜻 비친 말이 떠오른다. 그가 아빠 같고 오빠 같고 가족 같다는 말. 왜 어린 보라가 그에게 그런 감정을 갖게 됐는지 이해가 간다.

그래서 얼굴에 그늘이 짙었구나.

보라의 얼굴을 볼 때마다 그랬다. 어쩔 수 없이 징집된 어린 소년 같은 느낌이었다. 철모며 총이며 수류탄 따위로 무장하고 있는데 얼굴은 지나치게 어리고 순연한 느낌이었다.

그늘이 있어도 본디 심성이 밝은 애더라고.

엄마는 마저 깎지 않은 빨간 사과를 움켜쥔다. 까칠까칠한 사과 껍질을 갓난아기 쓰다듬듯 어루만진다.

그와 함께 입가심으로 크리스피크림 도넛을 먹으러 왔다.
테이블 위에 설탕 범벅인 도넛 두 개가 사이좋게 놓여 있다. 그가 도넛을 들어 군침을 흘리며 한 입에 반을 뚝 베어 먹는다. 그러니까 나는, 굳이 비교해서 크리스피크림 도넛일까? 새로이 출현한 크리스피크림 도넛?

내가 그렇게 생각하는 이유는 그와 내가 만끽하는 이 불량스러움의 중독성 때문이다.

그와 나는 오전에 코엑스에서 만났다. 메가박스에서 조조 영화를 보기 위해서였다. 차를 오렌지 라인에 주차하고 시동을 껐다. 시동이 꺼지는 순간 그와 나는 잠시를 못 참고 키스를 했다. 키스 다음에는 당연히 스킨십 코스. 애피타이저처럼 감질나는 스킨십을 하다 보면, '지금은 절대 하지 말아야지.' 하다가도 메인 요리가 먹고 싶게 마련이지. 그의 손이 내 팬티 속으로 밀려오는 것을 막기는커녕 허벅지를 살짝 벌렸다.

지하 주차장은 밤이나 낮이나 똑같이, 형광등이 빛을 내뿜지만 어두침침하다. 그와 뒷자리로 건너가서 단출한 섹스를 했다. 차에 달린 전자시계를 보니 20분가량 지나 있었다. 예전에는 카 섹스도 열렬히 하느라 한 시간을 웃돌곤 했지만 이젠 가볍고 경쾌하게 마치곤 한다. 마치 쇼팽의 곡처럼.

허기가 져서 간단히 점심을 먹었다. 고민할 것도 없이 추어탕. 이빨에 낀 고춧가루를 이쑤시개로 빼고 나가는데 먼저 나가 있던 그가 겸연쩍게 웃었다. 그의 면바지 위를 힐긋 보면서 나도 웃었다. 그는 또다시 내 몸속으로 들어오고 싶어서 안달이었다. 물론 나는 그럴 때도 있고 그렇지 않을 때도 있다. 그보다는 내 몸이 더 변덕이 심한 편이니까.

영화는 무슨. DVD로 나오면 보자. 영화계는 호황이라는데 우리쯤 안 본다고 큰일 날 것도 없지 않냐. 이런 시시한 말들을 주고받다가 서로 슬쩍 눈치를 주고받았다. 그리고 우리는 다정하게 서점으로 갔다.

차는 주차장을 빠져나갔다. 하루에 두 번이나 카 섹스를 하는 건 어쩐지 무리였다.

불량스러운 맛은 그 불량스러움 때문에 우리를 중독시킨다.

사람의 몸은 입보다 훨씬 정직하다. 상대에게 감정이 식으면, 몸의 욕망도 식어 버린다. 키스를 하지 않게 되고, 스킨십이 줄고, 섹스를 하지 않게 된다는 건, 감정이 식었다는 증거다. 그런데 어떤 연인들은 그런 것에 대한 집착과 욕망이 사라진 후에도 헤어지지 않는다. 오히려 그 사이는 습관처럼 더 견고해지기도 한다.

맛있는 음식을 찾아다니거나, 여행을 가거나, 영화를 보거나, 쇼핑을 하거나, 술을 마시거나…… 이 도시에서 연인들이 할 수 있는 것은 꼭 육체적인 교감이 아니더라도 꽤 즐비하다. 그러면서 새로운 감정이 돋아난다. 이를테면 책임감이나 신의, 연민 같은 것들. 그중에 애증이 압도적일 것이다. 카 섹스의 필수 조건이 연인용 선팅이라면, 오래된 연인의 필수 조건은 연인용 애증이다. 그러면서 일반적인 친구보다 훨씬 더 가까운 친구가 되기도 한다. 없어선 안 될 절대적인 친구가 되는 것이다.

내가 그녀들을 알게 됐는데도 그와 헤어지지 않은 까닭은? 아직은 그가 나를 욕망하고 있다는 것을 알기 때문이다. 그 음침한 중독성을 믿고 있다. 마음만 먹으면 국면을 전환할 수 있는 열쇠가 있을 것이란 어리석은 판단 때문이다.

그뿐만 아니다. 내게도 몸의 욕망이 생생하게 살아 있다. 아침에 눈을 떠서 베개에 볼을 비비면 그가 보고 싶고, 키스를 하고 싶고, 또 하고 싶다. 지금껏 몰랐는데, 그런 감정은 내게도 새로운 출현이었다. 이전까지 남자들과의 관계가 성적 교감에 어쭙은 친구 사이였다면, 지금은 정반대에 서 있다. 이 적나라한 사실 때문에 내가 싫어질 때도 있다. 미궁 속으로 추락하는 기분이 종종 든다.

쾌락이란, 성적 탐닉이란 그런 것인가 보다. 그것이 불량스럽거나 해로운 성분이라는 것을 알면서도 자꾸 당겨서 먹게 된다. 나는 지금 그 음탕한 맛의 크리스피크림 도넛을 입에 넣다가 고민에 빠진다. 그러나 제아무리 중독성 강한 음식도 언젠가는 물릴 것임을 안다. 나는 도넛을 입에 오물거리며 생각에 빠진다. 이 불량스러운 맛의 끝은 무엇일까.

그가 집에 일이 있다고 내일 만나자고 한다.
삑! 머리에서 적신호가 켜진다. 둘러댈 게 그렇게 미비한가. 끄떡하면 집에 일이 있단다. 하지만 스물아홉에 지켜야 할 연애 규칙을 상기한다. 네 가지 항목 중에 이미 한 가지는 삭제됐다. 그리고 이제 첫 번째 항목인 '가족 얘기는 삼가도록 한다.'에 걸려든 것이다.
나를 위한 항목들이었는데, 언제부턴가 나의 올가미가 되어 자꾸 나를 괴롭힌다.
— 집 앞에 있어.^^
막 짜증이 나려는데 준규한테 문자가 왔다. 문자를 보자마자 내가 창밖을 내다본다. 준규가 캄캄한 놀이터에서 손을 흔든다. 그래, 이래서 한 사람만 만나면 안 되는 거다. 자신을 다그쳐야 하는 우울함을 잠시나마 떨치게 해 주니.
준규와 나는 지금까지 네 번 만났다. 하지만 친구 사이라서 그런지 진전이 빠르진 않았다. 그리고 대화도 잘 통하지 않았다. 하지만 뭐 어떠랴. 남녀지간에 모든 게 완벽할 순 없는 것을.
내가 놀이터 쪽으로 걸어가자 준규가 내 쪽으로 걸어온다.

그리고 순식간에 내 손을 잡는다. 키가 커서인지 손도 소쿠리처럼 크다. 나는 준규와 손을 잡고 어둑한 놀이터에 들어간다. 준규에게선 담배와 술, 땀 냄새가 뒤섞여 알 수 없는 냄새가 풍긴다. 가히 좋은 냄새는 아니다.

준규와 나는 벤치에 앉아서도 여전히 손을 놓지 않는다. 준규가 지난번처럼 자신의 게임 사업 얘기를 꺼낸다. 오늘은 투자자에게 접대를 받았다고 조금은 우쭐해한다. 나는 듣는 둥 마는 둥 한다. 내 머릿속은 온통 딴생각에 여념이 없다. 여기는 우리 집 바로 코앞이다. 하지만 이 시간에 엄마가 밖을 내다볼 리도 만무하고 지금은 밤이다. 엄마가 집에서 이 광경을 본다 한들 내 얼굴이 보일 리도 없다. 내가 조금 벌린 입술을 과감하게, 준규의 입술에 들이댄다. 준규의 입술이 주저하지 않고 확 벌어져서 내 입술 위를 덮는다.

어쩐담. 준규의 혀끝은 태권도 선수 같다. 성실하게, 틈틈이, 과격한 발차기를 해 대는 태권도 선수! 수시로 준규의 앞니와 내 앞니가 거칠게 부딪친다. 통증이 느껴질 정도로 앞니가 짠하다. 준규를 따라 나까지 태권도 선수가 된 기분이다. 얍! 얍! 기합 소리가 온몸을 쿵쿵 울려 댄다. 하지만 내가 먼저 시도했으니 먼저 접는 건 예의가 아니다. 나는 가로등 아래서, 국제 경기에 내놓아도 금메달감은 될 만한 태권도 경기를 펼친다.

이런 생각이 든다. 얘가 정말 키스를 못하는 것일까. 아니면 내가 동요되지 못하는 것일까. 하여튼 키스를 못하는 남자는 못 참겠다.

그가 카드 봉투에 대강 휘갈겨 써 놓은 위치를 다시 한번 찬찬히 훑는다. 벌써 몇 번째 이 동네를 빙빙 돌았다. 나는 허기진 배를 움키며 그를 쫓아 터덜터덜 걷는다. 신고 있는 구두가 새것인 데다 굽이 꽤 높아서 걷는 데 무리가 있다. 시간이 갈수록 발이 아파 온다.

여기가 학교니까 이 근처 골목이 맞는데…….

그가 머리를 긁적인다. 벌써 같은 자리를 몇 번째 돌고 있다. 그가 난처한지 주위를 두리번두리번 살핀다.

이거야 원, 골목골목이 다 비슷비슷해서.

그는 나의 손을 잡고 학교 옆 골목을 다시금 샅샅이 둘러본다.

저기다!

내가 손가락으로 골목 끝에 작게 붙어 있는 떡볶이 가게 간판을 가리킨다. 아까도 지나왔던 골목이건만 간판이 너무 작아서 그냥 지나친 것이다. 골목으로 들어선다. 아야! 소리를 지르자 그가 소스라치며 나를 본다. 발을 헛디뎌 구두 굽이 나갔다.

가스버너 위에 넓죽한 냄비. 발갛게 양념이 들어간 국물에 떡이며 오뎅이며 야채가 푸짐하게 담겨 보글보글 끓고 있다. 얼마 전, 내가 옛날 떡볶이 맛을 다시 느껴 보고 싶다고 말한 걸 지나치지 않고 그가 인터넷을 뒤져 찾아낸 떡볶이 가게.

우와, 맛있다.

숟가락으로 먼저 떡볶이 국물을 한 입 떠먹은 그가 감탄한다. 나도 젓가락을 들고 흥건한 국물 속에서 떡을 하나 집어 입에 넣는다. 나야말로 떡볶이를 엄청 좋아하지만 지금은 맛있게 먹을 기분이 아니다. 나는 굽이 나간 구두를 힐끔 내려다본다. 새로 산 구두. 처음 신고 나온 구두인데 속이 떡볶이 국물처럼 부글거린다.

진짜, 맛있다.

그가 몹시 흐뭇해하며 내 앞에 놓인 접시에 떡이며 오뎅이며 국물을 떠 준다.

우리 이런 거 개발해서 나중에 같이 떡볶이 가게라도 할까?

빙그레 웃으며 그가 말한다.

나는 함박 웃는 그의 얼굴을 보다가 떡볶이를 입에 넣고 오물거린다.

왜 그렇게 못 먹어.

점심을 너무 많이 먹었나 봐.

차마 굽이 나간 새 구두 때문이라는 말은 하지 못하겠다. 예의상 집어 먹긴 하는데 입으로 들어가는지 코로 들어가는지도 모르겠다.

다 못 먹을 줄 알았던 떡볶이 한 판이 국물만 조금 남은 채 깨끗하게 비었다. 그가 가게 입구로 가서 물 두 컵을 떠 온다. 그리고 냅킨을 쥔 손을 뻗어 내 입가를 닦아 준다.

에구, 뭘 먹으면 꼭 이렇게 묻혀요.

입구로 뒤뚱뒤뚱 걸어 나가는데 먼저 나간 그가 입구 밖에서 무릎을 굽혀 등을 보이고 앉는다.

뭐 해?

내가 이상한 눈초리로 쳐다보는데 그가 고개를 돌려 나를 본다.

업혀. 그 걸음으로 가는 거 마음 아파서 못 보겠어.

정말? 무거울 텐데.

괜찮아. 업혀.

나는 그리 넓지 않은 그의 등에 폴짝 업힌다.

차까지 업어 줄게.

그는 한 발짝 한 발짝 발걸음을 떼기 시작한다. 이제 막 걸음마를 시작한 아이처럼 서투른 감도 있지만 여유가 느껴진다. 나는 그의 등에 가만히 기대어 본다. 몸이 포개지고 볼이 그의 어깨에 닿는다. 화사한 햇빛이 조용하게 쏟아진다. 날씨는 춥지만 그의 등은 사무치도록 온기가 넘친다. 새 구두의 굽이 나간 것 정도는 더 이상 아무 일도 아니다. 구두 굽이 나갔을 때 무턱대고 새 구두를 사 주지 않고 업어 주는 남자가 있으니. 앞으로도 종종 구두 굽이 부러졌으면 좋겠다.

좋아?

응.

그는 서두르지 않고 아주 천천히 걷는다. 골목 끝 오른편에 차가 주차돼 있다. 아직 골목이 끝나려면 더 남았는데도 벌써부터 마음이 슬퍼진다. 한낮의 볕을 흠씬 받으며 남루한 골목에서 포개진 연인의 몸. 거북의 등껍질처럼 끈끈하게 나는 그의 등에 착 달라붙는다. 그와 키스를 했을 때보다, 몸을 하나로 섞었을 때보다 그에게 더더욱 가까이, 그의 몸 깊숙이 들어선 느낌. 어떻게 해도 떼어지지 않을 것만 같은 막연한 불안감. 내 마음속은 밤이 되기 전의 하늘빛, 그 짙은 파랑이 숨죽여 내 가슴에 넓게 퍼진다. 이대로, 이 골목이 끝나지 않았으면 좋겠다. 눈물이 소리 없이 촉촉하게 고인다.

11
걸프렌즈 프로젝트

진이 개업한 이벤트 회사의 규모는 사무실 하나를 임대한 정도다. 책상은 두 개뿐이고, 창가 아래로 탁자가 놓여 있다. 진은 여기저기서 걸려 오는 전화를 받느라 정신이 없다. 보라는 부려진 물건들의 자리를 찾느라 동분서주한다. 나는 작은 화분을 어디다 내려놔야 할까 고민한다. 화분을 창가에 내려 두는데 보라가 청소 용품을 들고 밖으로 나간다. 진이 휴대폰으로 통화를 하는 중에 전화벨이 울린다. 진이 전화기를 가리키며 눈짓으로 전화를 받아 달라고 부탁한다. 나는 엉겁결에 전화를 받는다.

네, 이벤트 회사입니다.

나는 잘 교육받은 사무원처럼 단정하게 말한다.

네, 네, 네. 잠시만 기다려 주세요.

수화기를 손으로 가리고 진을 향해 오 실장님! 하고 부른다.

통화를 마친 진이 한숨을 길게 쉬며 탁자 옆에 앉는다. 책상 위에 서류가 엉망으로 널려 있다. 보라가 물에 적신 걸레를 들고 와 여기저기 닦는다.

아, 송이 씨. 회사에 다녔다고 했죠?

진이 살갑게 묻는다.

네.

아직 직원을 못 구했는데 송이 씨 새 직장 구할 때까지만 도와주면 안 될까? 거기 봐, 도우미 이력서며 갖가지 서류가 하나도 정리가 안 되고 있어. 난 회사에 다녀 본 적이 없어서 어떻게 정리를 해야 할지도 난감해.

전 기획부서에서 일했는데…….

핑계다. 기획부서라고 서류 정리를 못하는 건 아니다. 사실 내겐 너무 쉬운 일이다. 진이 애걸하며 두 손 모아 부탁한다. 보라가 나를 밋밋한 눈길로 쳐다본다.

그건 좀.

아무리 생각해 봐도 말도 안 되는 일이다. 여러모로 불편한 상황을 초래할 것이다. 함께 있을 때 그에게 전화가 올 수도 있고, 함께 있다가 우리 중 누군가가 그를 만나러 가는 걸 봐야 할지 모른다. 그 모든 걸, 두 눈 부릅뜨고 감당

해야 한다. 솔직히 거기까진 자신이 없다.

다음 날.

정말 미칠 노릇이네.

진이 발을 동동 구르며 어깨 밑으로 흘러내린 머리칼을 손끝으로 비틀어 꼰다.

왜요?

보라가 테이블 위에 놓인 신문을 눈으로 훑으며 진에게 묻는다.

오늘 제과점 오픈 이벤트에 나갈 이지현이 연락이 안 돼.

휴대폰이 방전된 거 아닐까요? 곧 오겠죠.

그렇겠지?

진이 손톱 끝을 물어뜯는다. 나는 진이 탁자에서 보았던 서류를 챙겨 온다. 컴퓨터 파일에 입력하기 위해서다. 잠시지만, 기왕에 도와주기로 한 거 내 역량만큼은 다 해 주자. 오랜만에 키보드를 눌러 본다. 타닥타닥, 귀에 익은 소리와 손에 익은 리듬감에 기분이 쾌활해진다.

진은 울음을 터뜨리기 일보 직전이다. 얼굴이 붉어진 진이 휴대폰을 들고 사무실 밖으로 나간다. 사무실 밖 복도에서 조바심 내며 왔다 갔다 하는, 진의 하이힐 소리가 울린다. 허술한 벽 탓에 방음이 전혀 되지 않는다. 조금 전까지 의연했던 보라도 슬슬 걱정이 밀려드는지 표정이 어두워진다.

어쩌지요?

보라가 나를 본다. 나는 어깨를 들썩할 뿐이다.

어떡해. 몰라, 정말 미치겠어. 오늘부터 시작인데 시작부터 이렇게 꼬이고 난리야!

진의 까랑까랑한 소리가 사무실 안까지 새어 들어온다.

몰라!

진이 꽥 소리를 지른다. 보라와 나는 근심 어린 눈빛을 주고받는다. 나는 입술을 모아 뾰족하게 내민다.

유진호! 유진호!

유진호라니. 지금 이런 상황에 그에게 전화를 한 걸까. 이해할 순 있다. 진은 궁지에 몰리거나 감정 상태가 고르지 못할 때 더더욱 그에게 전화를 건다. 일종의 습관이다.

텅. 무언가를 패대기치는 소리. 진이 휴대폰을 집어 던진 것 같다. 나는 걱정이 돼서 나가 보려고 의자에서 일어난다. 그런데 보라가 내게 손을 흔들며 만류한다. 그건 아니라고 도리질 친다. 나는 일으켜 세웠던 몸을 굽히며 천천히 앉는다.

네, 저희 '해피 베이커리' 오픈을 기념하여 오늘 하루, 신선한 재료로 맛있게 만든 최고급의 빵을 여러분들께 무료로 선사합니다. 오늘 하루, 여러분들은 어느 곳에서도 맛보지 못한 맛있는 빵을 시식할 수 있사오니…….

보라가 마이크를 들고 경쾌한 발음으로 말한다. 구름다리 모양의 풍선이 장식된 제과점 앞. 사람들이 지나가며 신기한 구경거리라도 보듯 힐끗힐끗 쳐다본다. 호되게 추운 날씨 때문인지 시식을 해 보는 사람이 드물다.

허벅지와 발가락이 팽팽하게 조인다. 짧은 미니를 입은 탓이다. 스타킹 구멍으로 활기차게 드는 바람이 온몸을 냉동하는 것만 같다. 굽이 10센티미터나 들어간 통굽 운동화 안으로 양말을 두 켤레나 신고, 종아리에 토시를 둘렀는데도 소용없다. 영하 8도의 날씨는 감당하기 어렵다. 나는 턱을 달그락거린다. 턱이 깨질 것만 같다.

그런데 보라가 내가 아는 보라가 맞는 걸까. 평소 말하는 투가, 평이할 정도로 고르고 냉소적이기까지 한 그녀는 이 세상 누구보다 발랄한 음색으로 제과점 홍보를 하고 있다. 시식을 하는 사람에게 도무지 흉내 낼 수 없는 친절한 미소를 뒤집어쓰고 말한다. 눈이 참 예쁘시네요. 콧날이 멋져요. 빵 맛을 아시네요. 이런 민망한 감언이설을 아낌없이 푼다.

보라가 왼쪽 발과 오른쪽 발을 교차로 디디며 율동을 한다. 그리고 손을 별 모양처럼 교차로 흔들어 댄다. 나는 어영부영 그 동작을 따라 한다.

아까부터 왼쪽 눈에서 질금질금 눈물이 떨어진다. 추위 때문이기도 하고, 난생처음 붙여 보는 인조 눈썹의 풀 성분 때문이기도 한 것 같다. 나는 인조 눈썹을 만지며 보라에게 말한다.

이거 너무 불편하다.

눈썹요?

응. 떼어 버릴까?

언니 그거 붙이고 있으니까 섹시해 보여요. 매일 붙이고 다녀야겠어요.

이걸?

나는 사양이라며 손사래를 친다. 보라의 턱도 덜덜 떨리긴 마찬가지다.

들어가서 뜨거운 녹차라도 타 올게요.

그럴래?

말도 잘 나오지 않는다. 가습기에서 뻗어 나오는 것처럼 하얀 입김이 거세게 뿜어진다.

화장실도 잠깐 다녀와야겠어요. 아까부터 너무 많이 참았나 봐요. 터질 것 같아요.

보라가 팥빵 하나를 호주머니 속에 쑥 밀어 넣고 종종걸음으로 들어간다.

도로를 타고 늘어선 나뭇가지에 플라타너스 잎이 몇 개 매달려 있다. 이 겨울에도 떨어지지 않고 남은 나뭇잎이 있었네. 속으로 읊조리며 발을 구른다. 발가락이 꽝꽝 얼어 있다. 출출하긴 한데 빵을 보니 도대체 먹고 싶은 생각이 들지 않는다. 그냥 이 시간이 훌연 지나가 버렸으면 좋겠다는 생각만 간절하다. 가로수의 뾰족한 가지 끝이 온몸을 쿡쿡, 들쑤셔 대는 것만 같은 추위다. 끙, 작게 신음한다.

도로 건너편에서 지나가던 택시 한 대가 비상등을 켜고 후진한다. 제과점 바로 앞, 길 건너편에 택시가 선다. 택시 차창이 내려진다. 차창 밖으로 고개를 내민, 노란 택시 기사 유니폼을 입은 남자가 나를 주시한다. 뭐야, 지금 내 허벅지 감상이라도 하겠다는 거야! 나는 속으로 쏘아붙이며 시선을 돌린다.

8차선 도로의 넓은 간격 때문에 택시 기사의 얼굴 윤곽이 선명하진 않다. 택시 기사가 선글라스를 벗는다. 나는 눈을 감았다가 꾹 한 번 힘을 주고 눈꺼풀을 올린다. 목덜미가 홧홧 달아오른다. 나를 얼려 버리던 추위도 잠시 무색해진다. 내 몸이 땅속으로 한없이 꺼지는 느낌이다.

길 건너편 택시 기사는 아빠다.

왜 아빠가 택시 기사 유니폼을 입고 있는 거지? 물론 아빠도 길 건너편에서 나의 모습을 보곤 같은 질문을 하며 놀라고 있을 것이다. 아빠는 지금껏 회사원이었다. 오래전 엄마와 이혼을 하고 집을 나갔으니 완벽한 가장 노릇엔 실패했다고 볼 수도 있다. 하지만 평생, 직장 한 번 옮기지 않은 성실한 '넥타이 맨'이었다.
 보라가 녹차를 담아 온 보온병을 내게 내민다. 나는 길 건너를 바라보면서 보라가 건넨 보온병을 손에 그러쥔다. 그리고 천천히 뚜껑을 돌려서 열고 입에 댄다. 뜨거운 녹차의 김이 얼굴에 스민다. 녹차가 입속으로 졸졸 흘러든다.
 택시는 차창을 올리고 아무 말 없이 출발한다. 그 자리에 마른 플라타너스 한 잎이 떨어진다.

 너무 추웠지?
 진이 나와 보라를 보자마자 달려와서 호들갑을 떨며 껴안는다. 보라와 나의 몸에서 냉기를 느낀 진은 부리나케 전기 히터의 강도를 최대한 높인다.
 힘들었지?
 진이 잔뜩 미안한 표정으로 머그잔 두 개에 뜨거운 물을 붓는다. 그리고 보라와 나에게 각각 한 잔씩 내민다.
 새벽에 맹장염으로 응급실에 실려 갔대. 어쩐지 그럴 사람이 아니었는데 이상하다 했어.
 진이 하염없이 미안한 기색으로 말한다. 보라와 나는 전기 히터 앞에서 몸을 녹이느라 여념이 없다.
 내가 들고 있던 가방을 옷걸이에 걸어 두려고 전기 히터 앞에서 일어난다. 순간 발을 헛디뎌 가방을 놓치고 만다.

가방 속에 들어 있던 소지품들이 와락 쏟아진다. 분홍색 지갑, 회색 휴대폰, 녹색 화장품 파우치, 하늘색 헤어 롤, 일회용 물 티슈, 눈에서 떼어 낸 인조 눈썹, 그리고 피임약. 나는 제일 먼저 피임약을 줍는다. 진이 선 채로 지켜보다가 묻는다.

그거, 피임약이지?

가방 속에 들어가던 손이 멈칫한다.

…….

뭐, 어때서.

진이 당황한 나를 보며 태연하게 말한다. 전기 히터 앞에 앉아 있던 보라가 고개를 빼고 내 쪽을 본다.

그런 건, 매일 먹어야 하는 거죠?

호기심 어린 표정으로 묻던 보라가 전기 히터 앞에 내민 손바닥을 뒤집는다.

글쎄, 그런 것도 있고.

나는 애써 담담한 말투로 말한다.

그런데 그런 거, 들고 다니면서 먹어야 돼?

진은 피임약을 복용한 적이 없나? 정말 궁금한 표정으로 묻는다.

아니요. 엄마가 그럴 사람은 아니지만 혹시나 내 방에서 이런 걸 발견하면 조금 불편해할 것 같아서요.

에이, 어머님은 그럴 분 같지 않던데.

보라가 빈정댄다.

그냥 내 노파심이지 뭐.

나는 가방을 책상 옆 옷걸이에 건다.

다음 주에 보라 생일이잖아. 우리 뭐 할까?

진이 수선스레 말하고는 뭘 할지 궁리하며 손가락을 입에 문다.

뭐, 필요한 거 없어?

내가 보라에게 묻는다. 보라가 무표정한 얼굴로 의자에서 일어나 천천히 창가 쪽으로 걸어간다.

저, 그날 어디 가요.

어머! 그럼 우리 같이 못 보내는 거야?

진이 아쉬워하며 손뼉을 친다.

보라가 할 얘기가 있는 양 눈치를 보며 입을 뗐다 붙이길 반복한다. 나는 조금 불안한 마음으로 보라를 바라본다.

언니들한테 얘기해야 할 것 같아요.

혹시, 일 못 하겠다는 얘긴 아니지? 일은 따 놨는데, 사실 도우미가 부족해. 겨울이라서 그런지 다들 춥다고 외부 일을 꺼리잖아.

진이 근심하며 말한다.

아니에요. 이 정도는 식은 죽 먹기예요.

보라가 대꾸한다. 나는 구석에서 스타킹을 벗고 있다.

저, 진호 오빠랑 잘 거예요.

…….

나는 스타킹을 내리다 말고 보라가 서 있는 창가 쪽을 본다. 내 무릎에 살색 팬티스타킹이 걸쳐 있다.

하하.

진이 실소한다.

생각해 봤는데요, 어차피 저도 그런 경험을 하게 될 거잖아요.

보라는 진의 웃음에 개의치 않고 찬찬히 얘기를 한다. 창밖 어디쯤인가에 오래도록 시선을 묶어 두고 있다.

그럼, 아직도 안 해 봤어?

보라가 느릿느릿 고개를 끄덕인다.

하하.

진이 또 제법 크게 웃는다.

그래서?

진이 침착한 어조로 손에 턱을 괴고 보라를 보며 진지하게 묻는다.

주위에 여자들을 보니까 다들 첫 경험에 대해 후회가 많더라고요. 첫 경험을 할 때 안 좋았던 인상이 평생 따라다니니까 억압도 많은 것 같고…… 내가 진호 오빠를 사랑하는 건지는 확실히 모르겠어요. 그런데 누구를 만나도 그럴 것 같아요. 하지만 확신이 드는 건, 진호 오빠만큼 믿음이 가고 좋은 남자는 세상에 없을 것 같아요.

그럴 수도.

진이 고개를 갸웃하며 미소를 띤다. 나는 스타킹을 마저 벗는다. 그러고는 스타킹을 바닥에 던진다. 볼썽사납게 말린 스타킹이 뱀 허물처럼 바닥에 널브러진다. 모직 바지에 다리를 밀어 넣는다.

진호 오빠…… 배려 깊은 사람이고 또 내가 믿는 사람이니까, 다른 사람과 첫 관계를 할 바엔 진호 오빠랑 하는 게 좋겠다 싶어요.

합리적인 판단이네.

진이 말한다.

합리적이라고요?

보라가 되묻는다.

그런 거 아닌가? 적어도 진호랑 첫 관계를 하면 보라가 상처를 덜 받을 거라고 예측하는 거 아니야?

……그럴 수도요.

굿 아이디어!

진이 의자에서 벌떡 일어서며 말한다.

그, 그러다가 진짜 사랑하는 사람이 생기면?

뒤늦게 다급해진 내가 두 눈이 휘둥그레져서 보라에게 말을 던진다.

요즘 누가 첫사랑에 연연하나요?

보라가 덤덤히 대꾸한다.

죽을 때까지 관계한 남자가 단 한 명이라면, 억울할 수도 있지.

진이 한쪽 눈을 찡긋하며 미소를 짓는다.

그 반대일 수도요.

보라가 냉담하게 응수한다.

보라가 그와 첫 관계를 갖는다면? 상황은 더 험난한 미로 속에 엉키고 말 것이다. 엉킨 실타래 같은 고민을 한 됫박 더 얹게 되다니. 보라가 그와 잔다? 그가 보라와 육체적인 관계를 마다할 이유는 어디에도 없어 보인다. 거친 숨만 푹푹 내뱉는다. 내가 그와 첫 관계가 아니라는 불안감이 초조하게 뒤따른다. 갑자기 내가 너무 불리해진다. 여자들과는 다르게 남자들은 자신에게 '처음'을 준 여자를 쉽게 잊거나 버리지 못한다고 한다. 참 촌스럽기는! 하지만 그가 진과 헤어지지 못하는 이유이기도 할 것이다.

나는 부리나케 휴대폰을 꺼낸다.

―뭐 해?

잠시 후.

―회식 중. ^^

갑갑하다. 나는 다시 한숨을 푹 내쉬고 답장 버튼을 누른다. '그럼 회식 잘 해요.'라고 입력했다가 연달아 취소 버튼을 누른다. 글자가 하나씩 사라진다.

―그럼, 회식 끝나고 볼까?

또 잠시 후.

―오늘은 좀 곤란해. 회식이 늦게 끝날 것 같거든. 내일 봐. ^^

가슴이 턱턱 막혀서 호흡이 힘들다. 휴대폰을 내려놓는다. 침대에 앉아, 두루마리 화장지를 죽죽 당긴다. 두루마리 화장지가 방바닥을 굴러 간다. 내 머릿속이 데굴데굴 굴러 간다. 나는 줄다리기라도 하는 양 화장지를 계속 잡아당긴다. 화장지가 닫혀 있는 방문에 가 부딪힌다. 방문에 닿은 화장지가 끝까지 구른다. 나는 먹장구름처럼 한 손 가득 무겁게 들린 화장지 뭉치를 망연하게 바라본다. 이 화장지를 다 적실 정도로 엉엉 울어 버리고 싶다. 그런데 정작 눈에서는 화장지 한 칸 적실 만큼의 눈물도 나오지 않는다.

그와 나의 이동식 모텔은 정비소에 들어갔다. 엔진오일이 자꾸 새서 그가 퇴근길에 정비소에 맡겼다고 한다. '뚜

벽이'가 되었을 때 주어지는 혜택은 걱정 없는 음주다. 그와 나는 좀체 술을 함께 마시기가 힘들었다. 차를 갖고 나왔을 땐 이것저것 신경 쓰이는 게 많아서 술을 삼가게 된다. 그래서 그는 불가피한 회식이 아니고는 술을 잘 마시지 않는 편이다.

우리는 첫 키스를 했던 바에 다시 찾아가고 있다. 첫 키스의 상황을 상기하다가 다시 한번 가 보자고 말한 건 그였다. 이런 면만 봐도, 그는 보편적인 남자들과는 비교도 안 될 만큼 섬세한 면이 있다. 물론 그러니까 여러 여자를 만나고 있겠지만. 그는 그날 남산 타워에 가 보고 싶다는 나의 말에 마음이 움직였다고 고백한다. 눈치는 진즉에 채고 있었다. 그러면서도 전혀 몰랐던 것처럼 놀란 표정을 지으며 그랬어? 라고 능청을 부린다.

그와 나는 입구에 들어서자마자 입을 떡 벌린다.

이런 데였어?

내가 눈을 크게 뜨고 말한다.

그, 그러게.

그도 적잖이 놀란 모양이다. 이건 아니었는데, 하는 눈길을 주고받는다. 그리고 우리는 다시 손을 꾹 잡고 바를 나온다.

바는 왁자지껄한 소음으로 가득했다. 한쪽에선 칵테일

쇼를 벌이고, 음악은 지나칠 정도로 크고, 손님은 바글바글했다. 한마디로 말하면 전체적으로 어수선한 분위기였다. 도무지 키스를 할 만한 장소도 여건도 아닌 것 같았다. 그런 데서 첫 키스를 했다니.

우리가 어지간히 취해 있었나 보다.

그도 나처럼 한참 멍하니 생각에 잠기더니만 조금 뒤에야 허탈하게 웃기 시작한다. 나도 덩달아 웃는다.

우리는 횡단보도에 서서 건너편에 있는 허름한 건물을 올려다본다. 건물 1층에는 갈비집이 있고 2층에 '엔터 7'이라는 간판이 있다. 간판 안에는 호프라는 글자가 자그맣게 새겨져 있다. 3층은 무슨 용도로 쓰이는지 모르겠지만 불이 꺼져 있고, 4층은 교회다. 불이 환하게 켜져 있다.

그와 내가 생맥주 잔을 부딪친다. 근방에 규모가 큰 맥주 전문점이 많아서 그런지 우리가 앉아 있는 이곳은 손님이 하나도 없다. 그게 마음에 든다.

자기는 눈이 참 예뻐.

그가 취했나 보다. 이런 남우세스러운 말을 하는 걸 보니.

예쁘긴, 쌍꺼풀도 없는데. 봐서 쌍꺼풀 수술이나 할까 봐.

안 돼.

매사 유연한 그였는데 이번만큼은 단호하다.

왜? 자기도 혹시 성형수술에 대한 거부감 같은 거 있어?

에이. 촌스럽게.

내가 이죽거리며 받아친다.

아니, 그런 게 아니라, 자긴 반듯하고 선하게 생긴 얼굴이 매력이잖아.

반듯하고 선한 얼굴. 나는 그런 말을 자주 들어 왔다. 예쁘진 않지만 반듯하고 선한 얼굴. 그럭저럭 삶에 도움이 될 때가 많다. 일테면 면접을 봐야 할 때나 친구들이 나를 팔아야 할 때. 그 누구도 내가 도를 넘는 행동을 할 거라고 예상치 못한다. 하지만 내 얼굴은 외관만 단정할 뿐 속은 음탕한 꿍꿍이로 가득 찬 삼류 모델이다.

외관이 그러하니 나에게 속았다고 생각하는 남자들도 있었다. 일찍이 처녀를 뗐는데도 스물세 살 때 만났던 남자는 내가 처녀인 줄 저 혼자 착각하고 있었다. 그러다가 뒤늦게 사실을 알고 나한테 말짱 속았다고 떠들고 다녔다. 이후, 뒤로 호박씨 깐다는 말을 들어야 했다. 쳇, 누가 처녀라고 말했냐고!

나는 지금껏 오럴을 해 보지 못했다. 이 나이에 오럴 한 번 못 해 봤다면 자랑은 아니다. 현주의 말을 빌리면 그 또한 내 얼굴 때문이란다. 내 얼굴을 보면 그런 걸 절대 안 하게 생겼다나? 그러니 반듯하고 선한 얼굴이 꼭 도움만 주는 건 아니다. 현주는 억지로 오럴을 하고 나면, 입술이 부르튼다고 짜증을 부릴 때도 있었다. 그건, 해 본 자의 배부른 소리. 나는 어떤 건지 정말 궁금했는데 그 누구도 내게 그런 걸 시키지 않았다.

차라리 바에 가 보지 말걸.

내가 어눌하게 혼잣말을 한다. 아랫배가 묵직하다. 나는 화장실에 가려고 카운터에서 졸고 있던 주인 남자에게 열쇠를 받아 문을 연다.

여자 화장실은 3층으로 올라가야 해요.

주인 남자가 눈을 비비며 말한다.

그와 나는 계단을 내려오다가 계단참에 서서 키스를 한다. 김빠진 맥주 맛이 느껴진다. 내가 그의 손을 붙잡고 3층으로 올라간다. 그는 영문을 모른 채 나를 따라온다. 3층 여자 화장실 앞은 사무실인지, 문이 잠겨 있고 복도는 불이 꺼져 까맣다. 그가 벽에 등을 댄 채 아까 하던 키스를 마저 한다. 키스를 하는 동안 머릿속에선 빨간 지붕에 하얀 벽돌로 세워진 서해안의 어느 펜션이 아른아른한다. 곧 보라가 그와 함께 갈 펜션이다.

내가 그의 허리띠를 풀고 바지를 무릎까지 내린다. 그리고 그의 체크무늬 사각팬티를 쏙 내려 입을 대려는 순간이다. 그가 흠칫 놀라며 손으로 자신의 페니스를 가린다.

괜, 괜찮아.

그가 나를 내려다보며 작게 말한다. 당황했겠지. 하지만 나는 괜찮지 않다. 그는 곧 보라와 섹스를 할 것이다. 보라는 그와 하게 될 섹스가 처음이다. 하지만 나는 그와 처음이 아니었다. 이런 유치한 생각들이 자꾸자꾸 머릿속을 에운다.

그래, 첫 경험인 보라가 이런 걸 시도할 리 없겠지. 그러니 나만의 콘셉트가 반드시 있어야 한다. 이렇게라도 나와의 교감을 각인해야 한다. 오럴을 안 해 봤다고 오럴을 어떻게 하는지 모르는 건 아니다. 대충 안다. 오럴을 부탁한 남자는 없었지만 그렇다고 모를까.

나는 혀를 내민다. 눈을 감고 체리 빛 스크류바를 떠올려 본다. 나는 그의 손을 옆으로 살짝 밀어내고 입속에 넣는다.

아, 너무 좋아.

그가 감탄의 탄식을 섞어 숨을 내뱉는다. 나는 맛있는 스크류바를 먹고 있다. 그의 혀끝에 장악되어 여기까지 온 거라면 이젠 내가 그를 장악해야 할 시점이다. 나에게도 혀는 있으니까. 내가 무릎을 굽히고 있는 자세인데도 굴욕적인 느낌이 전혀 들지 않는다. 그의 상기된 얼굴을 슬쩍 올려다보니 야릇한 정복감마저 든다.

그는 결국 선 채로 내 몸에 들어왔다. 한 층 위에서 찬송가가 울려온다. 성가대원들이 입 맞추어 찬양 연습을 하고 있다. 고요하게 울리는 찬송가와 작게 죽인 그와 나의 신음이 섞인다. 까만 건물 속에서 리듬을 타고 하나의 합창이 울린다. 나는 속으로 중얼거린다.
 정말, 지독하게 '성'스러운 곡이네.

 보라는 그와 서해안에 있는 펜션에 갔다.
 보라가 출발하기 전에 나와 진에게 문자로 일러 주었다.
 펜션은 진이 인터넷으로 알아봐 주었다. 빨간 지붕과 하얀 벽으로 치장한 펜션은 마치 유럽의 마을에서 볼 법한 가정집처럼 소박하면서도 아늑해 보였다. 첫 경험을 하기에 딱 좋은 그런 장소네, 라고 속으로 주절거렸다. 내게 알 수 없는 심술이 번졌다.
 근방의 깨끗한 모텔이 어때?
 내가 대뜸 제안했다. 단박에 보라가 고개를 흔들었다. 진도 그건 아니라는 듯 인상을 구겼다.
 그건 아니지.
 진이 내 치졸한 마음을 콕 쑤셨다.
 처음부터 그런 데서 하면 환상만 키우는 거 아니겠어요?
 말하고 보니 나 자신이 한없이 옹색하고 초라하게 느껴졌다. 진과 보라는 더 이상 대꾸하지 않은 채 헤실헤실 웃기만 했다.

　나는 사무실에 앉아 전화를 받고, 메모를 하고, 간단한 서류 정리를 한다. 조금 전에 면접 보러 온 여자를 면담하고 보냈다. 후임으로 흡족하진 않지만 그럭저럭 괜찮은 것 같았다. 그러고 나니 특별히 할 게 없다. 까끌까끌한 숨이 있는 대로 부풀어 몸이 터져 버릴 것만 같다.

　외출했던 진이 사무실 안으로 들어온다.

　그만 가자!

　7시 퇴근인데 조금 이르지 싶다. 나는 힘없이 코트를 입고 가방을 든다.

　선약 없지?

　그냥 집에 가서 쉬려고요.

　속상한가 봐, 송이 씨.

　진이 측은한 눈빛으로, 그러나 태연스레 말한다. 남의 집 불구경이라도 하는 것 같다. 그럴 테지. 진에게는 그가 전부가 아니지 않은가. 진도 말하곤 하지 않았는가. 자신은 한 남자에게 만족하지 못한다고. 어디 그뿐인가. 집에 돌아가면 번듯하고 이해심 많은 남편까지 있다. 보라에 비해 진에게 관대해질 수 없는 결정적인 이유다. 반면 나는? 지금까지 그래 왔듯 현재도, 내게는 그밖에 없다. 이럴 줄 알았으면 태권도 선수를 퇴장시키지 말걸. 아쉬운 대로 준규와 태권도 경기를 벌일 걸 그랬다. 하지만 감정이 동하지 않는 사람을 대안으로 붙들고 싶은 마음은 없었다.

 답답하다. 다른 여자가 그와 첫 경험을 하겠다는데 내가 무슨 부처도 예수도 아니거늘, 너그러이 미소만 띠겠는가.

 뭐…… 아니에요.

 입 밖으로 튀어나오는 말과 속말은 엇박자로 뛴다. 나는 어깨를 축 내려뜨린다. 두 눈은 힘이 풀려 똑바로 떠지지도 않는다.

 우리 축하해 주러 가야지!

 네?

 서해안 가자고! 보라, 첫 경험을 축하하러! 그리고 우리의 남자가 또 한 명의 여자와 자게 된 것도 축하해야지 않겠어?

 진이 생기 넘치게 말하며 윙크를 한다.

 갑자기 두려워졌다. 그녀들과의 관계, 아니 조금 더 정확히 말해 그를 포함한 우리 넷의 관계가 문득 위험하게 느껴졌다.

 내 연인의 또 다른 연인들과 만나서 가까워지다 보니 그다지 이상할 건 없었다. 처음엔 화가 치밀었다. 그리고 그녀들을 만나자 무언가 생경하고 서먹서먹했다. 하지만 시간이 지날수록 그 색다른 경험이 나쁘지 않다는 쪽으로 기울었다. 집착인지 모르겠지만, 그에 대한 감정도 이상하리만치 풍만하게 지속됐다. 그녀들과 그에 대한 이야기를 나누다 보면, 이 세상 누구도 알 수 없는 내 후미진 내부를 충분히 나누고 있다는 기분이 들었다. 정말 아무와도 나눌 수 없는 결핍을 그녀들과 나눌 수 있었다.

선의와 악의를 넘어 그가 그 누구와도 관계를 끊지 못했으니 차라리 이런 관계가 더 속 편했다. 의심에 의심이 꼬리를 물어, 마음 졸이며 지내는 것보다 나았다. 물론 이따금씩 묘한 경쟁심에 유치한 행동이나 말도 서슴지 않았고, 그녀들에게 괜한 뿔따구를 냈지만, 잠시뿐이었다. 애초에 이 사실을 알았을 때 부글부글 끓어오르던 증오심 따위는 이 관계가 숙성할수록 가라앉았다. 그리고 오래 숙성시킨 와인처럼 그 맛에 중독되고 취해 갔는지도 모르겠다.

그런데 갑자기, 그와 보라를 축하하러 가자는 진의 말에 뜨악한다. 연인 사이가 특별한 건 그 누구도 알지 못하는 둘만의 교감, 소통, 비밀 같은 것들이 그 관계를 감싸 안고 있기 때문이다. 그런 것들을 다 까발려 타인에게 노출해야 한다? 온몸의 근육이 단단히 경직되어 움직여지지 않는다.

왜일까. 지금 그녀들과의 관계 때문에 이 사랑이라는 이름의, 이상한 폭력의 희생자가 그녀들이나 내가 아닌 그일지도 모른다는 막연한 생각이 일렁인다. 그가 이 사실을 알면? 더럭 겁부터 먹을 것이다. 당혹스러운 나머지 도망치고 싶을 것이다. 확, 혀를 깨물고 죽고 싶을 것이다.

현주와 신림동에 갔던 날이 떠오른다. 모든 것을 체념하고 담벼락에 웅크리고 앉아 다섯 대의 줄담배를 피우던 남자. 그 남자처럼 그 또한 우리 중 누군가를 선택하게 될까? 아니올시다! 그는 현재를 살아가고 있는, 겉으론 평범하고 속으론 복잡한, 그런 연약한 남자의 표상일 뿐이다. 들키지 않을 수만 있다면, 그는 당연히 그 누구도 택하지 않을 것이다. 어쩌면 당연하지 않은가?

때때로 이런 소망을 갖게 된다. 어제의 기억을 삭제할 수 있는 버튼이 있기를. 오늘 아침에도 내 머릿속에는 어제의 기억과 그제의 기억, 아니 그 이전의 기억들까지 고스란히 남아 있다. 그리고 내게는 그런 유쾌한 삭제 버튼이 없음을 저릿하게 느끼며 아침 볕을 맞는다.

진은 어제까지만 해도 서해안에 가자고 하더니, 오늘은 언제 그런 일이 있었나 싶게 책상에 앉아 인터넷 서핑을 하며 이번 봄에는 그린이 유행일 거라는 실없는 소리나 하고 있다. 치약 홍보 도우미로 나가야 하는 보라는 커다란 가방에 미니스커트와 토시를 챙겨 넣는다.

피곤할 텐데 바로 마트로 출근하지 그랬어.

내가 보라에게 말을 건넨다. 배려의 뜻으로 한 말인데 내 뱉고 보니 그런 어감이 아니다.

보라는 시계를 보는 사람처럼 조금 바쁜 것 같으나 무감정한 얼굴을 하고 나를 물끄러미 바라본다. 나는 그 시선을 느끼고 있음에도 모니터에서 눈을 떼지 않는다.

대형 가전제품 매장 사장한테 문의 전화가 왔는데, 내 친구 작은아버지 되시나 봐.

진이 분위기를 전환하려고 부러 생기 있게 말을 꺼낸다.

그래요?

응. 우리한테 오픈 이벤트를 맡기고 싶대. 규모가 큰 곳이라서 이벤트도 클 것 같고, 그쪽 입장도 무언가 새로운 기획을 원하더라고. 이번엔 우리가 직접 기획해 보는 게 어떨까 싶어. 이제 어느 정도 자리가 잡혔으니 우리도 그 정도는 할 수 있지 않을까?

결국 다 거기서 거기 아닌가요?

내가 여전히 서류 정리라도 하는 척하며 퉁명하게 말을 내뱉는다.

어?

진이 약간 당황스러워하며 말을 잇지 못한다.

그래도 뭔가 새로운 기획이 필요한 시점이라고 봐요. 매번 똑같은 업체와 똑같은 일만 하면 처음 의도했던 것과 다르게 발전이 없을 거예요.

보라가 논리적으로 말하며 가방을 어깨에 걸친다.

그렇지? 나도 도우미 내보내는 걸로 만족하자고 이 일을 시작한 건 아니거든.

진이 미소 지으며 책상 앞에 있는 머그잔에 손가락을 낀다.

발전? 고작 가전제품 매장 오픈 이벤트를 맡는다고 무슨 발전이 있겠어.

내가 톡 쏘는 말을 내뱉곤 의자에서 일어난다.

그래도 매번 같은 업체와 같은 일만 하면 싫증 나지 않겠어요?

내가 지금 예민한 것일까. 보라의 말에 뭔가 날카로운 의도가 숨어 있다고 느껴진다.

진과 보라와 나의 시선이 허방에서 엇갈린다. 그리고 아주 잠깐 권투 경기를 펼치듯 신랄하게 눈빛으로 잽이 오간다.

싫증 나지 않기 위해서 새로운 기획을 해야 한다고?

말꼬리 잡고 늘어지기. 나의 주특기다.

제가 한 말이 틀렸나요?

혹시 기획 같은 거 해 봤어? 기획이 뭔지 알기나 해? 아예 새로운 건 어디에도 없어.

내가 문을 쾅 닫고 사무실을 나온다.

계단을 내려가는데 진이 뒤에서 따라 나온다.

송이 씨!

나는 진이 부르는 걸 무시하고 서둘러서 계단을 내려간다. 뒤따라온 진이 뒤에서 내 팔을 붙잡는다.

왜 그래, 무슨 일 있어?

진이 평소처럼 특유의 미소를 짓는다.

언니, 그렇게 웃지 말아요. 언니는 아무렇지도 않겠죠. 언니는 다 가진 사람이니까요.

내 눈가가 푸들거린다.

송이 씨. 내가 정작 원하는 걸 갖지 못하면 결국은, 나 또한 아무것도 갖지 못한 거야.

나는 진의 손을 뿌리치고 길가로 달린다.

송이 씨!

12
새벽 빛깔을 만나다

응급실 복도를 정신없이 뛴다.

어떻게 됐어! 아빠는 어디 있어!

내가 복도에 서 있는 언니를 보고 다그친다. 언니는 벽에 등을 대고 참담한 표정으로 침묵을 지킨다. 언니의 표정을 보자 가슴이 덜컹 내려앉는다. 나는 의자에 앉아 있는 엄마의 어깨를 흔든다.

어떻게 됐냐니까!

큰 부상은 없으셔.

내가 응급실로 들어가려고 하자 엄마가 내 손목을 잡는다.

주무셔. 쉬시게 둬.

나는 엄마 옆에 철퍼덕 주저앉는다.

엄마와 언니는 지금 충격이 크다. 아빠가 교통사고를 당한 사실보다 아빠가 택시 운전을 하고 있다는 사실에 더 놀란 것 같다.

엄마를 위해 자판기에서 커피를 뽑는다. 언니가 병원 앞에서 통화를 하고 있는 모습이 보인다. 나는 커피를 들고 언니에게 간다.

나는 엄마에게 주려던 커피를 언니에게 내민다. 쌀쌀한 바람이 언니와 나를 쌩 훑고 지나간다. 코끝이며 귀가 얼얼하다.

음주 운전하던 승용차와 충돌했대.

…….

회사는 언제 그만두신 건지 모르겠어. 왜 갑자기 택시 운전을 하시게 된 걸까.

뭐, 이유야 많았겠지.

며칠 전 대타로 제과점 오픈 이벤트에 나갔다가 아빠를 봤다는 말을 차마 언니에게 하지 못한다.

왜 멀쩡히 다니던 회사를 그만두신 걸까.

나도 잘 모르겠지만…… 아빠가 여기저기 다녀 보고 싶다고 한 말, 기억나? 집과 회사, 두 곳만 왕복하면서 사는 게 지겹다고. 몇 년 전 추석 때였나?

언니가 곰곰 생각에 잠기더니 잠시 후 고개를 끄덕인다.

물론 아빠가 회사를 그만둔 이유가 그 때문이 아니라는 것을 언니도 나도 알고 있다. 언니와 나는 어깨를 나란히 하고 잠시 아무 말도 하지 않는다.

결혼할 거란 사람이랑 잘돼 가?

언니가 커피 한 모금을 천천히 들이켠다.

아니. 나와 만나는 동안에도 계속 선을 보고 있었나 봐.

앰뷸런스 한 대가 다급하게 주차장에 들어온다. 사이렌이 어두운 밤 속으로 깊게 울려 퍼진다.

엄마는 병원에 남아 있겠다고 했다. 언니는 출근 때문에 자신의 오피스텔로 돌아갔다. 자정이 넘었다. 택시를 탔는데 옆구리가 허전하다. 아빠의 사고 소식을 듣고 급한 나머지 가방을 사무실에 두고 왔다. 지갑과 휴대폰만 챙겨 들고 병원으로 달렸다. 가방이 없으니 집 열쇠도 없다. 나는 병원으로 돌아가서 엄마에게 열쇠를 받아 올까 하다가 가방도 찾을 겸 사무실 쪽으로 방향을 돌린다.

쯧쯧, 길거리에서 싸움질이라니. 요즘 젊은 것들은 너무 막간다니까.

머리가 하얗게 센 택시 기사가 끌끌, 혀를 찬다. 나는 택시 기사에게 지폐를 건넨다. 잔돈을 받아서 택시에서 내리는데 길 건너편에서 실랑이를 벌이는 남자와 여자의 큰 소리가 들려온다.

늦은 시간인데도 도로에는 제법 많은 차들이 전조등을 켜고 지나간다. 나는 코트 앞섶을 여미고 횡단보도 앞에 선다. 건너편 건물 3층에 있는 사무실 창을 본다. 불이 켜져 있다.

실랑이를 벌이던 여자가 도로 쪽으로 달려든다. 그 뒤에서 남자가 달려와 여자를 등 뒤에서 부둥켜안는다. 남자가 여자를 안은 채 소리를 지른다. 그만 해! 그만 좀 하라고! 남자에게 붙잡힌 여자가 심하게 몸부림친다. 여자의 목소리가 점점 격해진다. 여자와 남자 주위로 사람들이 웅성거리며 모여든다. 여자가 남자의 정강이를 세게 걷어차더니 어깨며 가슴을 마구 내리친다.

신호가 바뀌어 횡단보도를 건너는데 걸음이 멈춰진다. 실랑이를 벌이고 있는 남자와 여자는 그와 진이다.

사람들이 고개를 저으며 혀를 차기도 한다. 나는 건물 옆으로 몸을 숨긴다. 진이 몸부림치다가 급기야 넘어진다. 진이 길거리에 벌러덩 드러누워 패악을 떨며 운다. 진의 금색 하이힐 한 짝이 도로에 내동댕이쳐져 있다. 가로등을 받아 진의 하이힐이 처연하게 빛난다. 도로를 달리던 자동차가 진의 하이힐을 밟고 지나간다. 그는 허리에 양 손등을 올리고 거친 숨을 푹푹 내쉰다. 그의 몸이 부르르 떨린다. 그리고 잠시 후 숨을 고르던 그는 진에게 손을 내민다.

진은 누가 뭐라 해도 자신을 무너트리는 사람이 아니었다. 어떤 상황에서도, 어떤 말을 들어도 늘 쌩긋쌩긋 웃기만 한다. 그런데 지금 진은 전혀 그렇지 않다. 보라가 그와 첫 경험을 하겠다고 했을 때 '좋은 생각'이라고 부추긴 것도 진이었다. 그런데 그 대범해 보이던 친절이 사실은 위선이었을까. 나로서는 어떤 게 진실인지 알 수 없다.

그가 진을 일으킨다. 그가 진의 어깨를 감싸고 건물로 들어서는데 사람들이 수런대며 비켜선다. 그와 진이 건물 안으로 들어간다.

병문안까지 올 필요는 없었는데.

내가 책상 앞에 앉으며 구시렁거린다. 일요일 오후, 바로 어제였다. 진과 보라가 함께 아빠의 병문안을 왔다. 사실 마음이야 고마웠다. 그런데 말본새가 이 모양이라서 감사하다, 고맙다, 이런 말이 매끄럽게 나오지 않는다. 아무래도 내게는 진과 보라가 진심으로 편해진 것이리라. 이제는 진과 보라를 만날 때, 화장도 안 하게 된다. 말투도 애써 가식적으로 꾸미지 않는다. 그냥 있는 내 모습을 다 드러내고 굳이 방패막이를 내세우지 않아도 불안하지 않기 때문이다.

다행이다. 한시름 놓은 거지.

진이 모처럼 언니답게 말한다. 진의 음성이 더넘스레 차분하고 얼굴은 수척하다. 지난 토요일, 진이 발광하던 모습이 자꾸 아른거려 마음이 쓰라리다.

언니, 그동안 힘들었죠.

보라가 나를 위로한다.

아, 아, 괜찮아. 괜찮아.

라고 말하는데 저 아래서부터 꾹꾹 짓눌려 있던 눈물이 왈칵 치솟는다. 두 눈이 벌겋게 충혈되고 눈가가 뜨끈하다.

진과 보라가 곁으로 와서 내 어깨를 쓸어내린다.

울어. 차라리 우는 게 나아.

의자에 앉아 있어서 90도로 굽혀진 내 무릎을 진이 팔로 감싸 안으며 시멘트 바닥에 쭈그려 앉는다. 살점 없는 진의 마른 등이 애처로워 보인다.

보라가 따뜻한 물을 담은 컵을 들고 온다.

좀 마셔요.

내가 컵을 받아서 목을 축인다.

너무, 두려웠어.

컵에 담긴 물처럼 아무것도 희석되지 않은 투명한 말이 속에서부터 거리낌 없이 나온다. 누군가에게 '두렵다.'라고 말한 게 언제인지 가물가물하다. 정말 오랫동안 그 말을 하지 않고 살아왔다.

지금 이 공간은 내게 너무나 편안하다. 불편하다고 느껴지는 건 진과 보라가 아니다. 한 공간에 있는 우리의 관계도 아니다. '우리가 왜 이렇게 된 걸까.'라고 언뜻언뜻 스치는 생각이 외려 이물감이 들어 불편할 정도다.

아! 눈이에요!

보라가 깨금발로 창밖을 보다가 소리친다. 저럴 때 보면 그냥 딱 제 나이다운 여대생 같다. 보라가 항상 저런 모습이길 바라는 건 내 욕심일까.

창밖은 눈이 부실 정도로 환한 오후다. 그 환한 햇살 아래 하얗게 송이 진 눈발이 사뿐사뿐 내린다. 이렇게 부신 날, 리드미컬하게 춤추는 눈발이라니.

보편적으로 눈이라면, 까만 밤 유독 빛나는 하얀 눈, 빛이 잦아든 싸늘한 허공에 희망을 심어 주듯 내리는, 그런 눈을 떠올리게 된다. 더욱 내 가슴을 흔들어 놓는 건 바로 그 어두움 속에서 눈이 내리기 때문이었다. 그런데 이토록 화창한 날에 흩날리는 눈송이를 보니 가슴이 뭉클하다. 마치 이 사무실 안의 그녀들과 나처럼 어울리지 않는 포근한 느낌이다. 하지만 창밖의 눈 내리는 풍경은 그저 아름다울 뿐이다.

진호한테는 얘기했지?

진이 묻는다. 나는 고개를 살며시 흔든다.

아직 서로 가족 얘기를 나눈 적이 별로 없어서요. 일이 바쁜 모양인지 요 며칠 정신도 없어 보였고.

내가 대답하고 있는데 휴대폰 벨이 울린다. 보라가 주머니에서 휴대폰을 꺼내어 액정을 본다. 그리고 휴대폰을 들고 밖으로 슬그머니 나간다. 호랑이도 제 말 하면 온다더니. 진과 나는 서로 짧게 눈을 맞춘다. 필시 그일 것이다. 그가 아니고서야 보라가 휴대폰을 들고 나갈 리도 없다. 허술한 벽. 보라가 조용조용 말하는데도 보라의 말이 사무실 안까지 어슴푸레 들려온다.

네, 네. 그럼 8시에 거기서 봐요.

보라가 사무실 안으로 들어오기가 무섭게 또다시 벨이 울린다. 이번엔 내 휴대폰. 액정을 보니 그의 번호다. 나는 받을까 말까 망설이다가 휴대폰 폴더를 올린다. 안 받는 것도 그렇지만 나까지 밖으로 나가서 받는 건 더 우스꽝스러울 것이다.

어디야?

그가 물어 온다.

아는 언니 일하는 데 도와주러 왔어.

그래. 오늘, 뭐 해?

별 약속 없는데.

난, 오늘 동창들과 약속이 있어.

굳이 물은 것도 아닌데 그는 약속이 있다고 선수를 친다. 내가 그 속을 모르겠는가.

알았어.

단마디로 말하고 그가 무슨 말인가를 하기도 전에 그냥 끊어 버린다. 보라는 딴전을 피우며 밖으로 나가고, 진은 까르륵 웃으며 나를 본다. 진이 간신히 웃음을 참으며 입을 뗀다.

개도 참. 부지런히 사느라, 쉽진 않겠다. 그렇지?

근방에 있는 절에서 새벽 5시마다 종을 친다.

나는 그 종을 육안으로 확인해 본 적 없다. 그러니 이 울림을 퍼뜨리고 있는 종의 크기가 큰지 작은지, 또 어떤 색깔인지 알지 못한다.

영롱한 종소리가 귓전에 희미하게 울린다. 딱히 할 일이 없는 탓에 너무 일찍 잔 모양이다. 나는 이불을 젖히고 일어난다.

부엌으로 가서 커피포트 버튼을 누른다. 찬장을 열었더니 맥심 커피, 현미 녹차, 이슬차 통이 나란히 진열돼 있다. 이슬차? 이슬이라는 이름이 붙은 소주는 봤어도 이슬이라는 차는 처음 본다. 나는 이 시간과 어울릴 법한 이슬차 통을 꺼낸다.

우려낸 이슬차를 머그잔에 담아서 한 모금 마신다. 맛이 달짝지근하다. 이 시간이 무색하리만치 잠이 깬다. 나는 여느 직장인들처럼 새벽을 두려워했다. 하지만 지금 나는 몸이 무겁지도 않고, 아직 검은빛을 완연하게 머금고 있는 창밖을 평온하게 느낀다. 나는 침대에 걸터앉아 내가 거부했던 새벽을 또렷이 응시한다. 상황이 바뀐 탓에 시야도 바뀐 걸까. 마치 창밖의 새벽이, 친구가 나오라고 문자를 보내는 것처럼 나를 부르는 것 같다.

머그잔을 내려놓고 옷장을 연다. 아래위로 추리닝을 껴입는다. 얼마 전 요가를 하고 땀에 젖은 추리닝을 빨지 않은 채 넣어 두었더니 시큼한 냄새가 난다. 나는 그냥 추리닝 속에 몸을 껴 넣는다. 오리털 잠바를 걸치고 단추를 똑똑 눌러서 잠근다.

어느새 종소리는 멎었다.

도로에는 드문드문 차 몇 대가 지나갈 뿐이고, 공기는 차갑지만 상쾌하다. 막혀 있던 콧구멍이 촉촉한 새벽 공기 속에서 시원하게 뚫린다. 찬 공기를 훅 마셨더니 머리가 일순 아찔해진다. 나는 호주머니에 손을 찔러 넣고 보도를 걷는다. 황황한 새벽길을 걸으니, 머리가 차츰 맑아진다.

밤과 아침 사이에, 농담처럼 가뿐히 걸쳐 있는 이 시간.

나는 왜 두려워했을까. 까맣지도 하얗지도 그렇다고 파랗지도 않은, 이 알 수 없는 빛깔. 죽어 가는 노파같이 시들하면서 막 태어난 신생아처럼 파릇한 이 고요한 빛과 향기. 이 시간은 얼마 전까지만 해도 얕은 꿈에서 허우적거렸을 시간이다. 어쩌면 나는 지금 그 꿈 밖에서 새로운 꿈을 꾸고 있는지 모른다.

이렇게 걷다 보니 사실은 아무것도 아니란 생각이 든다. 아니, 생각보다 편안하고 청아해서 발길이 자꾸자꾸 그 새벽빛 속으로 스며드는 것 같다. 스며들어 이 파란 대기 속에 묻혀 버린다 해도 두렵지 않다. 하지만 내 몸은 어디에도 스며들지 않고 이 길에 오롯이 서 있다.

이 새벽은 마치, 그녀들과의 만남 같다. 그녀들과 만나게 된 하루하루가 내 일상에 새벽처럼 걸쳐 있다.

내가 그토록 두려워하던 새벽도, 그녀들과의 만남도, 어찌 보면 아주 사소하고 친근한 일상의 단면일 수 있다. 그런데 나는 왜 두려워만 했을까. 그 근처에 다가서길 꺼렸던 걸까. 결단코 일어나선 안 될 일로 단정했을까.

내가 새벽을 경계한 건 바로 방 안에서만 이것을 느끼려 했기 때문이다. 겪어 보지 못한 부분이었고 익숙하지 않은 상황이었기 때문이다.

새벽의 대기는 투명하고 맑다. 그리고 냉엄하게 고요하다.

나의 침묵처럼, 그녀들의 침묵처럼, 그리고 그의 침묵처럼 고요하다. 그러나 이 새벽의 고요함은 지난밤을 감추고 있다. 곧 다가올 이 도시의 요란한 소리와 냄새를 품고 있다. 그건 이 길에 닥쳐올, 그리고 나 자신에게 닥쳐올, 그녀들에게 닥쳐올 현실인 것이다.

새벽의 빛깔과 공기가 이토록 엄숙한 건 이 도시의 사람들이 잠시나마 자신의 욕망을 잠그는 시간이기 때문일 것이다. 이 도시의 넘치는 요란함을 지탱하고자 침묵하기로 약속한 시간이기 때문이리라.

비단 누구 하나를 위해서가 아니다.

그녀들과 나의 약속도, 침묵도 단지 그를 위한 것만은 아니다. 우리는 이 어둡지도 밝지도 않은 사랑을 벗어나지 못해 각자 자신의 욕망을 조금씩 버리고 있는지도 모른다. 아주 조금씩 말이다.

그리고 새로운 욕망이 새로운 빛깔로 바뀌어 켜진다. 길을 건넌다. 초록 신호가 빨간 신호로 바뀌기 전에 남은 시간을 알려 주는 신호등의 대기 불빛이 하나씩 꺼진다. 그 소리에 귀를 기울여 본다. 무언가 버려지고 소멸하는 소리처럼 구슬프다.

13
반지 전쟁

그런 일이 있었구나. 난, 그런 것도 몰랐어.

그가 미안해하는 표정으로 고개를 숙인다.

아, 괜찮아. 이제 아빠도 곧 퇴원하시니까.

오히려 미안한 쪽은 나였다. 몇 번 통화를 했는데도 얘기해 주지 않았으니 말이다.

……이런 얘기 꺼낼 타이밍인지 모르겠어.

그가 고개를 똑바로 들지 못한 채 조용조용 말한다. 내 가슴은 이미 두근거리기 시작한다.

서해안에 가서 어떤 일이 있었는지 보라에게 묻지 않았다. 그리고 보라도 말하지 않았다. 그러는 편이 서로를 덜 괴롭히는 일이라고 생각했다. 진이 보라를 채근하며 몇 번이고 물었다. 그날 첫 경험을 한 것인지, 가서 분위기는 좋았는지, 펜션은 어땠는지. 하지만 보라는 속 시원히 털어놓지 않았다. 아니, 서해안에 갔던 일은 몽땅 얘기하지 않았다. 하고 싶은 말은 많은 것 같은데 볼 안에 움켜쥐고 입술을 꾹 다물었다.

그와 나는 헤어질 수도 있다. 연인 관계의 종지부는 쉽게 찍히곤 한다. 그간의 감정이나 지금까지 쌓아 온 모든 추억과 기억, 이런 것은 이별 앞에서 무기력할 뿐이다. 지금, 그런 시간이 다가온 것이라면 나는 묵묵히 받아들이고 싶다.

하지만 이별 선고를 받기에 이 레스토랑은 너무 우아하다. 차라리 평소 가던 추레한 추어탕 집이면 더 낫겠다. 줄곧 추어탕만 먹여서 너무 미안했나? 마지막으로 값비싼 음식 한 번 사 줘야 그 미안한 짐을 덜 것 같았나?

나는 나이프를 들어 안심 스테이크를 썬다. 원래 한 번 먹을 때마다 먹을 만큼만 칼질을 하지만 그가 뜸을 들이는 게 버티기 힘들다. 나는 양손에 나이프와 포크를 들고 안심 스테이크를 전부 조각낸다.

나, 승진했어.

그는 아빠의 사고 소식과 승진 소식이 겹친 게 무안했던 모양이다. 경거망동하지 않고 담담하게 승진 소식을 전한다.

축하해!

내가 진심으로 기뻐한다.

그래서 이렇게 비싼 데 온 거야?

그가 대답 없이 미소 짓는다.

어쩐지, 추어탕만 먹이면서 갑자기 이런 데는 왜 오나 싶었어.

그가 다시 웃는다. 어쩐지 이 웃음이 전부가 아니라는 생각이 너울거린다.

그거야, 송이도 추어탕을 좋아하니까……

좋아한다고 데이트할 때마다 추어탕만 먹으면 추억이 너무 없잖아.

대신 추어탕만 보면 송이 생각이 날 텐데? 내가 가장 자주 먹는 음식이 추어탕인 거 몰라? 밖에서 먹을 땐 주로 추어탕만 먹는다고. 그러니까 자기 생각이 얼마나 자주 나겠어, 안 그래? 점심시간에 동료들이랑 추어탕 먹을 때도 항상 송이 생각나서 못 참겠다고.

이 남자가 원래 이렇게 수다스러운 사람이었던가. 이렇게 말을 잘하는 줄 미처 몰랐다.

그래도 가끔은 이런 데도 오고 싶어. 허영이라고 생각해도 어쩔 수 없어.

하하.

왜?

오자, 와. 일주일에 한 번 정도는 레스토랑 갈까? 꼭 이탈리아 음식이 아니어도 되잖아. 각국의 음식을 두루두루 먹어 보는 것도 괜찮겠다. 프랑스, 터키, 타이, 인도…… 많잖아? 우리가 자주 여행 갈 수 있는 처지도 아닌데 음식이라도 골고루 먹고 다니지 뭐.

일주일에 한 번? 그건 너무 많아. 한 달에 한 번.

좋아.

그럼 다음 달에는 도산 공원 옆에 있는 타이 레스토랑에 갈까? '핑크 스푼'이라고 맛도 괜찮고 인테리어도 근사한 데가 있거든. 거기 예약해 둘게.

나는 그를 빤히 쳐다본다. 내 기대에 부응하는 말이 아니다. 지금 그가 제안한 곳은 진과 보라가 내 생일 파티를 해 주었던 장소다. 진이 그와도 갔다고 말한 적이 있는 곳이다. 갑자기 성질이 돋는다. 나는 들고 있던 포크를 테이블 위로 탁, 소리 나게 놓는다.

싫어.

단호하게 거절한다.

왜?

타이 음식 싫어해.

먹어 봤어?

응. 정말 맛대가리 없더라고.

아, 그래…… 그럼, 퓨전 일식 먹으러 갈까? '엔카'라고 퓨전 일식 요리 하는 곳에 가 본 적 있는데, 일식 좋아한다고 했으니까 거긴 자기도 정말 마음에 들 거야.

나는 눈을 내리깐다. 내가 왜 안 가 봤다고 생각할까. 진과 이미 그곳에서 식사를 했다. 맛이야, 정말 일품이었다. 하지만 그가 제안하는 곳은 이미 진과 갔던 곳이 아닌가.

싫어.

왜…….

그런 데 비싸지 않아? 생각해 보니까, 먹는 걸로 사치 부리는 게 별로 내키지 않아.

나는 냉랭하게 대답한다.

없어서 못 먹지 그런 맛있는 곳이 있다면 왜 못 가겠는가. 사치? 뭐 그렇게 얘기하면 내가 유난히 근검절약하는 사람으로 들리겠다. 아니면서, 게다가 아까까지만 해도 추억이 너무 없다면서, 허영이라도 어쩔 수 없다면서, 투정을 부리지 않았는가. 지금 그는 이 모순된 심중을 전혀 모를 테지. 그저 난처한 기색이다. 이번엔 슬슬 내 눈치를 보며 그가 말문을 연다.

그럼, 삼청동에 칼국수랑 만두 맛있게 하는 데 가 볼까? 자기 찐만두 좋아하니까.

그가 조심스럽게 말한다. 조금 전처럼 또 거절당할 것을 우려한 나머지 목소리까지 주눅이 든 채다. 삼청동? 만두? 칼국수? 거긴 보라와 갔던 곳이 아니던가. 서울 시내에 갈 음식점이 이렇게도 없는 걸까. 그녀들과 갔던 곳은 가기 싫다. 그런데 그가 제안하는 곳은 고작 그녀들과 갔던 곳 중에서 괜찮다고 느꼈던 곳들이다. 죽을 때까지 추어탕만 먹어야 하는 걸까. 진과 보라는 추어탕을 끔찍하게 혐오하니까.

너무 멀어.

내가 계속 시비조의 말을 내뱉는다. 왜냐하면 내가 이래도 그는 화를 내지 않기 때문이다. 왜 그는 이런 상황에서도 화를 내지 못하는 걸까. 일방적으로 공격을 해 대면 반격을 해야 마땅한데 이럴 때마다 지나치게 침착하다. 절대 언성을 높이거나 짜증을 부리거나 화를 내지 않는다. 그가 지금껏 너무 험난한 연애를 해 와서일까. 웬만한 일에는 무뎌진 걸까. 무의식중 나에게 미안한 게 많아서일까. 아니면 일정한 거리감을 두려는 전략일까. 아무튼 화가 치민다. 그가 다시 온화하게 미소를 지으며 말을 꺼낸다.

혹시 마음 상한 일 있어?

그가 세 살짜리 아이 다독거리듯 말한다.

…….

할 말이 없다. 이런 상황에서 무슨 말이 나오겠는가. 손바닥도 맞대야 소리가 날 터인데. 한바탕 싸움질을 하고 싶은 충동은 시속 200킬로미터로 달린 승용차의 바닥난 기름처럼 쑥 허망하게 사라진다.

우리, 너무 오래, 못해서 그래?

그가 내 눈을 가만 들여다보다가 말한다. 얼굴에는 미소까지 어려 있다. 오래 못해서 그러냐고? 참 나, 기가 막혀서. 나는 눈을 부릅뜬다.

내가 자기랑 하는 거 좋아한다고 해서, 이 세상 모든 일을 그것과 결부 짓는 건 아니야. 그런 유치한 착각은 제발 좀 버려! 쓰레기봉투라도 한 묶음 사 줄까? 분리수거할 게 많지? 자기는, 버려야 할 게 넘치는 사람이야! 혹시 자기 자신을 모르는 건 아니겠지?

나는 주위 사람들이 쳐다볼 정도로 언성을 높인다. 이 노골적으로 가시 돋친 말을 그가 알아들었으리라고 생각하진 않는다.

미안해. 이게 아니었는데…….

그가 테이블 위에 올려진 내 손을 끌어 잡으며 조용히 말한다. 도대체 뭐가 미안한지 알기나 하는 걸까. 그런데 손바닥에서 느껴지는 이 차가운 금속성의 느낌은 뭐지? 그가 내 손을 살며시 놓는다.

손바닥을 펴 보려는 순간이다.

잠깐 손 펴지 말고 그대로 있어. 우선 내 말을 들어 줬으면 좋겠어.

그가 천천히 물을 들이켜고는 떨리는 눈빛으로 나를 바라본다.

2002년 봄이었지, 자기가 회사에 입사한 해가. 신입 사원들 중에 자기는 단연 눈에 띄는 사람이었어. 동료들 중에 자기를 찍은 사람이 몇 명이나 됐지. 그중 한 명이 나였고.

에이, 말도 안 돼.

그냥 들어 줘. 4월이었어. 창립 기념일 행사할 때 각 부서에서 두 명씩 외부 행사에 보냈지. 자기는 그날 회사 마크가 달린 흰 티셔츠 아래 청치마를 입고 있었어. 분홍색 줄무늬가 있는 운동화를 신었고. 긴 생머리를 늘어트린 자기가 내 옆을 지나가는데 샴푸 냄새가 너무 좋았지. 그날 유난히 날씨가 화창했고 햇살도 눈부실 정도로 고운 날이었어. 햇살을 받은 자기의 눈가가 옅은 살구 빛이었을 거야. 멀찍이서 자기가 동료들과 이야기를 나누며 웃고 있는 걸 봤어. 그 웃는 모습이 너무 예뻐서 4월의 봄 햇살마저 초라하게 느껴졌어.

내 앞에 앉아 있는 그가, 프러포즈 차원에서 적당한 말을 준비했다고 하기엔 그날의 기억이 사뭇 세세하다. 2002년 4월. 그의 말을 듣고 보니, 그날 내가 입었던 옷과 신었던 운동화와 머리 모양까지 또렷하게 환기된다.

에에, 그때 누군가와 만난다는 소문이 있던데? 수경 씨한테 들었어.

내가 이렇게 빈정거리는 이유는 지금의 상황이 어색하고 민망하기 때문이다.

그건 중요한 게 아니야. 아니, 사실은 사실이니까 인정해. 그래, 나는 그때 누군가를 만나고 있었어. 그런데, 송이, 웃는 얼굴이, 선명한 사진 한 장이 되어 내 가슴에 걸렸던 그 순간부터 나는 다른 누구에게도 완전히 빠져 들지 못했어.

그럼 왜 얘기하지 않았어? 나를 좋아한다고. 나와 만나보고 싶다고 말할 수 있었잖아.

나라는 사람은 있잖아. 누군가 먼저 다가와야 겨우 마음을 열어. 여태까지 내가 먼저 누군가에게 다가간 적은 한 번도 없었어.

왜?

나 같은 사람, 부족한 게 많은 사람이니까. 어쩌면 누군가에게 거절당할까 봐 미리부터 걱정하는 건지도 모르고. 그래서 대개 누군가 내게 먼저 다가오고 곁을 주고 좋아하는 뉘앙스를 풍겨야만 나 또한 다가가곤 했지. 송이야, 겁쟁이라고 말해도 어쩔 수 없어. 난 그런 사람이니까. 단 한 번이라도 내게 찾아오길 기다렸어. 먼저 메신저로 말을 걸거나, 안부 문자를 주거나, 아니면 업무상 얘기를 하다가도 사적인 질문을 던져 주길. 그런데 자기는 단 한 번도 내게 곁을 주지 않았어.

그의 말은 일정 부분 맞는 얘기다. 나는 사내에서 남자 직원들과 가까이 지내는 편이 아니었다. 그리고 나는 그때, 그를 좋은 사람이라고 생각하긴 했지만 직장 동료 이상으로는 생각하지 않았다.

휴…… 솔직히 다 이해할 수 있는 건 아니야. 아무리 겁이 나도 좋아하는 사람이 생기면 먼저 표현할 수 있지 않을까.

자기는 내게 가까이 가기 힘든 존재였어. 아무리 봐도 내게 과분한 사람이었거든. 그리고 얼마 후 다른 사람과 사귄다는 얘기를 들었고.

…….

그런데 말이야. 자기가 입사한 후로 몇 년 만에 처음, 자기와 단둘이 있게 된 날. 난 그 시간이 내게 처음이자 마지막 기회라고 생각했지. 이전까지는, 처음으로 둘이 있게 된 여자에게 키스부터 한 적 없었어. 그날, 난 파렴치한이 될 각오를 하고 자기에게 키스를 한 거야. 그렇게 하지 않으면 영영 내 마음을 보여 줄 기회가 없을 것 같았거든.

과거의 내 모습을 아름답게 기억하고 있는 남자. 내가 순진한 것일까. 그의 말에는 아주 조금도 덧댄 흔적이 느껴지지 않는다. 하지만 시간은 과거로 돌아갈 수 없다. 그와 나는 그 화사했던 4월이 아닌, 지금, 여기에 있으니까.

내 손바닥 위에 얇은 반지 하나가 놓여 있다.

나는 반지를 테이블 위에 얌전하게 내려놓는다. 어떤 결정이 서서가 아니다. 자동적으로 나도 모르게 그렇게 됐다. 지금 내가 무엇 때문에 이런 행동을 하고 있는지 갈무리한다. 결혼을 할 것이냐 말 것이냐의 단순한 문제가 아니다. 나는 목을 축이고 테이블 위에 내려놓은 반지를 한참 노려본다. 그는 당혹스러워하지 않는다. 침묵으로 이 짧은 공백을 메우고 있다.

그가 선물했던 목걸이처럼, 그의 부드러웠던 혀끝처럼, 그의 페니스처럼 반지를 날름 받을 수가 없다. 사실 지금까지 내가 받아 온 것들보다 반지의 부피는 훨씬 작다. 이 작은 반지가 첨예한 빛을 내며 나를 시험대 위에 올려 둔다.

창밖으로 시선을 옮긴다. 하늘 저만치에 붉은 노을이 짙게 퍼지고 있다. 팔마디에 잔털들이 숭숭 일어서며 목덜미가 싸늘해진다.

나는 그날의 일을 한순간도 잊은 적 없다. 엄마와 아빠가 이혼한 다음 날. 엄마는 오전에 엄마의 설거지 곡을 틀어놓고 설거지를 했다. 「Ever green」이라는 팝송이 여느 때처럼 잔잔하게 집 안을 흘러 다녔다. 나는 평소와 전혀 다르지 않은 엄마를 보며 조금은 불안해하면서 안심하기도 했다. 나를 만들어 준, 나와 가장 가까운, 똑같이 사랑한다고 느끼는 두 사람의 결별. 나는 그날 아침까지도, 그 안타까운 결별이나 두 사람의 마음보다 어쩌면 내게 닥쳐올 시련들을 더 걱정했는지도 모른다.

학교에서 돌아오던 저녁이었다. 아파트 근처에 사이렌을 울리며 앰뷸런스와 경찰차가 모여들었다. 사람들이 경악한 얼굴로 군집했다. 평소 메뉴대로 나와 언니에게 아침밥을 차려 주며 ever green ever green, 콧노래까지 흥얼거리던 엄마. 만취한 채 차에 몸을 싣고 벽으로 돌진하여 찌그러진 차 안에서 피를 흘리던 엄마. 나는 지금까지도 어느 것이 진정한 엄마의 모습인지 알 수가 없다.

그에게 업혀 떡볶이 가게 골목을 나오던 오후. 그와 평생을 함께하고 싶다는 희망을 한 번쯤 품어 보기도 했다. 내가 사랑하게 된 이 남자. 애초에 나에게 다가온 것, 악의라고 말하고 싶지 않다. 선택해서 버리는 것이 아니라 버리지 못해서 선택하게 된 상황이라고 믿고 싶다. 그런데 이토록 나약한 남자를 믿고 이 한 몸 결혼이라는 제도 속으로 훌쩍 들이밀 수 있을까.

그가 이 끈질긴 침묵에 녹다운된다.

생각할 시간을 가져. 대신, 그 반지는 결정을 내릴 때까지

자기가 보관하고 있어. 결정이 '아니요.'라면, 그때 받을게.

알았어.

그리고 한 가지만 더 말하자면 난 지금껏 누군가에게 반지를 준 적은 없었어.

나는 대답 대신 고개를 끄덕인다. 그가 빨간색 반지 케이스를 테이블 위에 올려 놓는다. 반지 케이스를 열어서 반지를 넣는데 그 차가운 감촉에 가슴이 저민다.

다음 주에 현주가 파리로 떠난다. 미술 공부를 다시 시작할 거라고 한다. 현주 부모님은 어떻게든 현주를 붙잡으려고 했던 모양이다. 십분 이해가 간다. 하나뿐인 외동딸이고 시집도 안 간, 이제 서른 살이 된 딸이다. 가장 못하는 것을 목표로 먼 곳으로 떠난다면 어느 부모든 막연할 것이다.

나도 가지 말라고, 붙잡고 싶은 심정이 간절하다. 현주와 나는 어릴 때부터 이 동네에서 함께 성장했다. 유치원, 초등학교, 중학교, 고등학교를 모두 한곳에서 다녔다. 현주가 나보다 성적이 월등히 좋아서 대학만 다른 곳을 다녔다. 단 한 번도 떨어지지 않고 일주일에 두세 번꼴로 만나서 시시껄렁한 수다를 떨며 함께 서른이 됐다. 그런 현주가 곁을 떠난다니, 눈앞이 캄캄하다. 내가 붙잡는다고 파리에 갈 계획을 취소하지도 않겠지만, 문득 현주를 붙잡는 게 현주를 위해서가 아니라 나 자신을 위해서란 생각이 든다.
 잘 생각했어.
 왜?
 아니, 간신히 마음을 추슬러 격려해 주니까 왜냐고 묻는 심보를 도무지 모르겠다.
 그림 바 같은 거 할 바엔 차라리 미술 공부 더 해서 멋진 화가가 되는 게 더 나을 테니까.
 그러니까 넌 멍청하다는 거야.
 현주가 퉁바리를 놓는다.
 또 무슨 소리야. 가는 마당에 좀 곱게 가라.
 그림 바를 하려고 보니까 네 말대로 내 그림 실력이 형편없다는 사실이 부각되잖아. 그래서 그림 바 제대로 하려고 더 배우겠다는 거야. 그런데 넌 왜, 바 사장보다 화가가 더 멋지다고 생각하냐? 네 생각은 늘 빈곤하고 형편없어. 그러니까 기획부서에 안 맞았던 거야. 잘려도 싸.
 야! 작작 좀 해. 너, 친구라곤 나밖에 없으면서 돌아왔을 때 나마저 없으면 어쩌려고 그러냐?
 내가 퉁퉁거린다.
 하하, 내가 아주 어렸을 때부터 이랬지만 넌 항상 나를 졸졸 쫓아다녔잖아. 그리고 너한테도 친구가 나밖에 없으니 어떻게 하든 피장파장 아니야?

현주가 재밌는 장난감이라도 발견한 아이처럼 좋아한다. 말장난 좋아하는 건 서른이 돼도 여전하다. 마흔이 되고 쉰이 되고 꼬부랑 할머니가 돼도 마찬가지일 것이다.

그건 그래.

내가 웃으며 인정하고 만다.

그럼 가서 연애나 실컷 해라. 됐지?

왜?

네가 실연당하고서부터 약간 이상해졌거든. 뭐랄까, 네 빨강 머리처럼 너무 비판적이고 공격적으로 변했다고나 할까?

그건 인정.

네가 인정할 때도 다 있네.

그런데 말이야, 연애는 이미 하고 있어서. 쿡쿡.

연애를 시작했다는 말은 금시초문이다.

누구랑?

글쎄, 그건 다녀와서 얘기할게. 내가 돌아왔을 때도 이 관계가 건재하다면.

네가 늙었나 보다. 비밀을 다 갖게.

지금껏 현주와 나는 비밀이란 게 없었다. 그만큼 서로가 창피할 게 없는 사이였다. 우리가 정말 나이를 먹고 있는 걸까. 나도 현주에게 말할 수 없는 비밀을 갖게 됐는데 현주 역시 그런가 보다. 나는 굳이 그 비밀을 캐지 않는다. 우리에게 비밀이 생겼다 하더라도 서로에 대한 마음은 변치 않을 테니까. 현주가 내 방을 빙 둘러본다.

너무 칙칙해, 네 방은…… 내 분홍색 이불 세트 가져와서 쓸래? 그럼, 좀 더 화사해질 텐데.

그건 싫어. 그럼 가끔씩 네 생각 나서 울 것 같아.

그래? 그럼 아예 내 방에 와서 살아라. 그럼 더 펑펑 울어 줄 거 아냐. 누군가 나를 그리워하면서 울어 준다면 기쁠 것 같아.

그건 더 싫어. 그럼 네가 너무 싫어질 테니까.

뭐라고?

그렇잖아. 너의 일부만 느낄 때는 사랑스러워서 퍽이나 그립겠지만, 너의 전부를 느낄 때면 아마도 몸서리치게 싫어질 거야. 오죽이나 구질구질하겠어. 화장대 서랍에는 머리카락 뭉치와 색조 화장품 가루가 먼지랑 뒤섞여 있을 테고, 방구석 어디쯤엔 빨지 않아서 고린내 나는 스타킹이 둘둘 말린 채 처박혀 있을 테고, 옷장 속엔 얼룩진 옷이 몇 벌쯤 걸려 있을 테고, 커튼엔 먼지가 껴서 쾨쾨한 냄새가 날 거야.

오호, 제법 구체적인데.

난 그냥 너의 분홍빛 이불만 간직하련다.

그럼 가져오면 되겠네.

아니, 그것도 꼭 안고 자려면, 네가 그리울 때 울 줄 아는 배짱이 있어야 하는데 너도 알다시피 나는.

내가 말하는 도중에 현주가 침대 옆에 놓인 빨간 트렁크를 번쩍 들고 온다.

그래. 그럼 난 배짱이 좋으니까 요 빨간 트렁크 보면서 너를 그리워할게.

하하.

내가 웃어 재낀다.

그거 비싼 건데.

알아. 잘됐지 뭐. 비싼 만큼 많이 울어 줄 거 아냐.

현주가 자신의 차에 나의 빨간 트렁크를 싣고 갔다. 빨간 트렁크를 볼 때마다 마음이 저몄다. 원하는 것을 얻을 때 함께 오는 슬픔을 생각하니, 더더욱 그랬다. 이 나이가 되어 겨우 알게 된 거라곤 슬픔과 기쁨은 한 몸. 완전한 기쁨도 완전한 슬픔도 없다는 것. 여행도 기약 없이 미뤄지고 볼 때마다 짐스러웠는데 속이 다 후련하다.

화장대 위에 그가 준 반지 케이스를 본다. 빨간 트렁크는 내 곁을 떠나고 빨간 반지 케이스가 내 곁에 남아 대답을 기다리고 있다.

빨간 트렁크를 탐내는 사람은 또 있었다. 바로 엄마다.

아깝다. 내가 쓰려고 했는데.

엄마, 어디 가게?

응, 분가하려고.

여행이라면 몰라도 분가라니 말문이 막힌다. 머릿속에 보라가 했던 말이 떠오른다.

무슨, 소리야?

엄마가 냉장고에서 맥주 캔 두 개를 꺼내서 식탁에 올린다. 술을 잘 못 마시는 데다, 술을 즐기는 편도 아닌데 맥주는 언제 사다 놓았는지 모르겠다. 엄마가 맥주 캔을 딴다.

마셔.

갑자기 웬 술?

넌 맥주 마시면 기분이 막 좋아지잖아. 기분이 좋아야 나를 더 이해할 거 아니겠니?

그만.

나는 맥주 캔을 들다 말고 내려 둔다.

엄마, 정말 누구랑 살림이라도 차리려고?

…….

연애하고 있잖아. 내가 바보인 줄 알아? 그런데 이젠 아예 따로 나가서 살림이라도 차리겠다는 거 아니야?

얘.

왜 다들 이 집 못 나가서 안달이야. 이 집에 무슨 마라도 긴 거 아니야? 나 혼자서 어떻게 살아. 방도 남잖아.

　방 남는 거야, 문제 될 거 있겠니…… 보라가 와 있어도 되겠네. 고시원에서 지내는 거 딱했는데 잘됐구나.

　그런 얘기가 아니잖아. 지금 내가 방 남는 것 때문에 이러는 거 아니잖아. 잘 알면서 왜 그래.

　나는 성질에 못 이겨 맥주를 벌컥벌컥 들이켠다.

　나도 제대로 된 연애도 해 보고, 제대로 된 살림도 해 보고 싶어.

　엄마가 이제 갓 20대가 된 처녀처럼 수줍게 얼굴을 붉힌다.

　누군데, 누구야? 누군지 말해 봐.

　있잖아.

　알았어. 엄마, 나도 서른이야. 엄마가 아빠랑 이혼한 지 10년째야. 내가 아빠 딸이라는 이유로 엄마보고 아빠의 전 부인인 채로 평생 살라고 억지 부리진 않아. 엄마도 앞날이 창창한데 이렇게 혼자 지내는 거 내가 보기에도 궁상맞아. 하지만 나도 어떤 사람인지는 알아야 할 거 아냐.

　엄마가 맥주를 거푸 세 모금 마신다. 맥주가 넘어가기 무섭게 목덜미까지 발갛게 달아오른다.

　네가 반대할 거라고 하더구나.

　엄마가 조심스럽게 말한다.

　누가? 그 남자가?

응.

말도 안 돼. 그건 나를 너무 몰라서 하는 얘기야.

아니, 너를 너무 잘 알아서 하는 얘기래.

그 사람이 나를 언제 봤다고 나를 알겠어?

있잖아, 네 언니 임신하고서 결혼했잖아. 그래서 달콤한 신혼이고 뭐고 없었어. 아빠랑 교제할 땐 서로 멀리 떨어져 있어서 자주 보지도 못했고. 아빠나 나나 사실은 서로를 너무도 모른 채 결혼한 거야.

엄마! 엄마가 그런 과거지사 다 얘기하지 않아도 엄마, 아빠 이혼한 거 난 다 괜찮아. 어차피 지난 일이잖아. 내가 엄마를 이해 못할까 봐 그래?

지금과는 시대가 달라서 억척스럽게 사느라, 낭만이 뭔지 사랑이 뭔지 그런 생각할 겨를이 없었어. 네 아빠 말이다. 참 여리고 감정이 풍부한 사람인데, 하루하루 빡빡하게 돈 계산이나 하는 여편네랑 사는 게 쉽지 않았을 거야.

그러니까 결국엔 이 집 나가서 잘살잖아. 그러면 된 거지.

너희 아빠, 얼마 전에 교통사고 당했을 때, 혹시 너희 아빠가 죽는 건 아닐까 하는 생각이 들더라.

나도 그런 생각 안 했던 거 아니야.

누군가 죽는다는 건, 참으로 막막한 일이지.

아빠 안 죽었잖아.

그래서 네 아빠나 나나 다시 태어난 마음으로 합치기로 했어.

﹒﹒﹒﹒﹒﹒

지금 내가 잘못 들은 걸까. 이게 무슨 말이지? 술기운은 오르지도 않았는데 어리벙벙하다. 헤어진 부모의 재결합. 어쩐지 내키지 않는다. 그러니 아빠가 나를 정확히 본 것이다. 엄마와 아빠가 헤어지기 전의 상황과 헤어지고 난 후의 상황을 대조해 보면, 헤어진 후가 훨씬 더 사이좋았다. 어느 순간 정말 허물없는 친구 사이였다. 그냥 이대로 사는 게 더 나을 수도 있다는 얘기다.

그런데 어렵사리 아빠와 재결합을 하겠다고 말하는 엄마의 눈빛을 보니 그런 마음이 사라진다. 이제 막 첫사랑을 시작하는 사람처럼 두려움 없이 마냥 들떠 있는 눈빛. 지금처럼 확신에 찬 엄마의 눈빛을 나는 태어나서부터 지금껏 본 적이 없었다.

그럼, 엄마랑 아빠랑 여기서 살면 되잖아. 그런데 무슨 분가야?

글쎄, 이건 네 아빠 생각인데. 지금 이 집을 처분하기도 복잡하고, 이 집에서 살면 관계가 안 좋았을 때 생각이 자꾸 날 것 같대. 그래서 아예 신혼인 셈치고 셋방이라도 얻어서 처음부터 다시 시작하자고 그러더구나. 난 이 나이에,

그런 데서 다시 시작하는 거 상상도 못했는데, 그래서 그런 경험이 끔찍하게 싫을 줄 알았는데, 이상하게 아빠 말 듣고 나서부터 가슴이 설레는 거야.

엄마는 겨우 맥주 캔 하나를 비워 놓고는 벌써부터 옹송망송해진다.

보험금 타 둔 것도 있고, 아빠 퇴직금도 있어서 서울 근교에 전세방 얻는 건 무리가 없겠어.

잘살 수 있겠어?

또 실패해도 말이다. 한 번이라도 서로 마음을 따뜻하게 나누고 실패하는 거랑 그렇지 않은 거랑은 다를 거 같아.

그럼 다시 식이라도 올리겠다는 거야? 혼인신고도 다시 하고?

어머머…… 망측해라. 얘, 내가 아무리 오십 줄이라도 그렇지. 그렇게 감각이 떨어지는 사람은 아니다.

뭘 아니야, 아니긴.

내가 엄마 말을 눙친다.

요즘 유행을 따라갈 줄은 안다고! 책은 괜히 읽고 드라마는 괜히 보니?

그럼…….

내가 혹시나 해서 말을 흐린다.

그래, 동거할 거야.

나는 남은 맥주를 목으로 다 쏟아 붓는다. 정말이지 유행이 사람 잡겠다.

한 사람과 두 번 이혼하는 건 좀 그렇잖니.

엄마의 자줏빛 입술 사이로 이빨이 드러난다. 그러고 보니 언제부턴가 엄마가 립스틱을 바르기 시작했다.

진의 남편이 김밥을 사 들고 사무실에 찾아왔다. 그리고 김밥이 들어 있는 봉지만 건네주고 방해하지 않겠다며 돌아갔다.

돌잔치 준비를 하는 과정은 생각보다 복잡했다. 2주 전, 오프닝 이벤트를 맡았던 대형 가전제품 매장 사장이, 손자가 곧 돌이라며 돌잔치 준비를 부탁해 왔다. 진이 망설이며 나와 보라에게 물었고 우리는 흔쾌히 해 보자고 의견을 모았다.

우선 앞으로의 홍보를 위해서 홈페이지를 전문 업체에 맡겼다. 돌상이며, 사진, 비디오, 카드, 돌빔 등등 자매를 맺어야 할 업체가 한두 곳이 아니었다. 그 일은 진이 나서서 했다. 진은 생판 모르는 사람과 연을 맺는 데 능통하다. 그러니 자신의 특기를 잘 발휘했다. 보라는 일주일에 두 번, 풍선 데커레이션을 배우러 다니고 있다. 뒤늦게 안 사실인데 보라는 손재주가 남달랐다. 적성에 맞는지 풍선 데커레이선 수업도 아주 재미있단다. 진이 나에게 사진을 배우라고 권유했는데 기계치라서 엄두가 나질 않는다. 그래서 생각해 보겠다고 대답만 하고 미루어 뒀다.

기존의 파티 이벤트 업체는 넘쳐 나고 있었다. 색다른 콘셉트를 가져야만 한다! 바야흐로 콘셉트의 시대. 과다 경쟁에서 살아남는 길은 그것뿐이다. 그래서 우리는 카드에 붙이는 리본 하나하나도 꼼꼼히 생각하고 회의를 거쳐 결정한다.

오늘 오후에는 테이블 장식에 관해 회의했다. 나는 다른 업체의 홈페이지에서 테이블 장식 자료를 스크랩했다. 그 자료를 두고 이런저런 새로운 아이템을 추렸다.

그리고 지금은 나와 보라가 돌잔치 주인공인 아기의 사진을 고르고 있는 중이다. 태어나는 순간부터 지금까지 찍어 온 사진들을 아기 엄마가 보내 주었다. 무려 100장이 넘는다. 이 숫자를 가려내는 데도 애를 먹었다고, 아기 엄마는 말했다. 그중에 20장만 뽑아야 한다.

아, 진짜 고르기 힘들다.

내가 기지개를 켜며 말한다.

노하우가 생기면 좀 나아지겠죠.

휴, 그럴까.

이건 어때?

아기가 자신의 고추를 잡고 노는 사진을 내가 검지로 찍는다.
땍, 벌써부터!
보라가 사진 속의 아기를 보면서 장난스럽게 다그치는 시늉을 한다.

검은 비닐봉지에서 은박지에 말린 고추김밥 세 줄이 굴러 나온다. 얼마 전에 안 건데, 우리 셋 다 김밥 중에서 고추김밥을 제일 좋아한다는 거였다. 단순한 우연이었지만 잠시 웃을 수 있는 상황이었다. 결국 우리는 그의 별명을 '고추김밥'으로 정했다. 정해 놓긴 했는데 노골적인 느낌이 강해서 아무도 그 별명을 선뜻 부르진 않았다. 그러다가 때때로 그에 관한 험담을 할 때면 고추김밥이라는 별명이 튀어 나왔다. 그런데 진의 남편이 사다 준 그의 별명을 먹자니, 영 찜찜한 노릇이다.
한 남자를 사랑하는 건 비슷한 취향을 가지고 있거나, 비슷한 정서를 소유한 것일까. 진과 보라, 그녀들을 만나기 전엔 그렇게 생각했다. 하지만 지금은 아니라는 판단이 선다. 고추김밥을 좋아한다는 것과 그를 공유한다는 점을 제외한 다른 모든 부분에서 진과 보라, 나는 전혀 다른 사람이다. 취향이 같다거나 비슷한 가치관을 갖고 있는 것을 발견하지 못했다. 성격까지 따로따로다.

그러니까 어쩌다가 한 남자를 사랑하게 된 것일 뿐이다.

이번 파티가 성공적으로 끝나면, 자신감이 붙을 것 같아.

진이 활기차게 말한다.

그간 이 사무실에선 오프닝 이벤트나, 신상품 홍보 이벤트를 맡아 왔다. 그런 이벤트는 기획이 필요하지 않았다. 그냥 업체에서 주문한 대로 해 주기만 하면 그만이었다. 그런데 돌잔치는 다르다. 돌잔치 이벤트 기획은, 전통적인 돌잔치에서 크게 벗어나지 않으면서, 기존의 선두 업체와는 다른 이벤트를 선보여야 한다는 게 포인트다. 독특한 콘셉트를 드러내는 기획을 해야 한다.

언니는 왜 이렇게 일에 몰두하는 거죠?

내가 진에게 물었다. 내가 보기에 진은 굳이 일을 하지 않아도 될 만큼 형편이 좋아 보였다. 물론 일이란 게 형편에 맞춰 하는 건 아니지만, 궁극적으로 이 일을 왜 하는 것인지 궁금했다.

그 어떤 남자를 만나도, 가정이라는 울타리가 생겨도, 나 자신을 느끼지 못했거든. 파티 플래너를 잠깐 했지만 거기서도 내가 찾던 무언가가 항상 비어 있었어.

존재감을 갖고 싶은 거죠.

보라가 설명을 덧붙인다.

그런데 사실, 이 일 시작하면서 여러모로 부담도 컸고 두렵기도 했어. 무언가 해 보려고 시작한 건데 호락호락하지 않더라고.

전혀 그래 보이지 않던데요?

내가 비아냥거린다. 왜냐하면 진이 항상 당차 보였기 때문이다.

아니야, 처음부터 얼마나 꼬였어? 보라랑 송이랑 옆에서 많은 힘이 됐어. 정말 고맙게 생각해. 그리고 진심으로 우리 셋이 함께해서, 이 일에 큰 의미를 갖게 됐어.

이렇게 말할 때 보면 진이 딴사람 같다. 이제는 진이, 자신의 나이답게 어른스러운 말을 하면 더 불안해진다.

고마운 거 아니, 다행이네요.

보라가 살짝 초를 친다.

우리 셋이 하면 뭐든지 할 수 있을 거야.

쿡쿡.

나도 모르게 실없는 웃음이 나온다.

왜요?

보라가 실망스럽게 나를 쳐다보며 묻는다.

아, 아니. 그냥 좀 웃겨서.

보라도 웃는다. 이제는 안다. 진의 웃음이, 보라의 웃음이, 나의 웃음이, 그의 웃음이, 또 많은 이들의 웃음이 얼마나 큰 슬픔으로 겨우겨우 만들어 낸 웃음인지. 그래서 이제는 그 어떤 웃음도 가볍게 느껴지지 않는다. 내가 고추김밥을 한입에 넣고 우물거리며 씩 웃는다.

그런데 말이야.

진이 골라 놓은 사진 중에서 하나를 들어 보며, 입을 뗀다.

왜, 다들 진호에게 얘기하지 않았던 거야?

…….

그럼, 언니는 왜 말하지 않은 건데요?

보라가 되묻는다.

난 진호를 완전히 갖고 싶은 마음과 다른 누군가를 만나고 싶은 마음이 항상 교차했어. 그러다 보니까 진호에게 전부를 강요할 수 없었지.

서로 다른 욕망의 충돌이죠.

보라가 진의 말을 단번에 정리해 버린다. 보라는 무슨 얘기를 듣든 요점을 정리하는 버릇이 있다.

그런데 그게 잘 돼요?

내가 지난번 진과 그가 실랑이를 벌이던 모습을 떠올리며 묻는다.

히히, 아니.

솔직하네요.

내가 어줍게 칭찬을 던진다.

전요.

보라가 옅은 하늘빛 색상지를 보드에 붙이며 말한다.

비슷하긴 한데…… 진호 오빠에게 가족 이상의 신뢰가 가고, 오빠가 좋긴 한데요. 이런 사람, 만나기 힘들 거라는 거 아는데요. 평생 이 관계가 유지될 거라고 생각하진 않아요.

그것 또한 전부를 걸지 않아서지.

진이 보라에게 일침을 가한다.

휴게소요.

보라가 담담하게 대꾸한다.

휴게소? 진호가 휴게소란 얘긴가?

네.

그건 너무 안됐잖아.

진이 안쓰럽다는 표정을 짓는다.

장거리 여행을 하는데 휴게소가 없으면 안 되잖아요. 사실, 여행 목적지보다 가는 길에 만나는 휴게소가 더 신나고 좋았어요. 어쩌면 그 여행에서 가장 행복했던 순간이, 휴게소에서 보내는 짧은 시간일 수도 있다고 생각해요.

내 마음이 무겁게 가라앉는다. 나 또한 그를 나의 완전한 반려자가 아닌 휴게소쯤으로 생각해 온 것을 부인할 수 없다. 그는 외로웠을 것이다. 자신이 안고 있는 것 중 어느 하나도 실은 자신의 것이 아니라는 불안감. 그는 그렇게 아득한 내면 저 아래서부터 끊임없이 흔들렸을 것이다.

보라가 손바닥으로 색상지를 죽죽 밀어낸다.

에이, 좀 오글오글하네.

보라는 자신이 붙인 색상지의 형태가 고르지 않은 게 실망스러운가 보다. 보드를 들어 올려 보고는 다시 색상지를 죽, 뜯어낸다.

하지만 오빠가 누구에게나 그런 상대이길 바라진 않아요. 그곳이 좋아서 정말 정착하게 될 사람도 있겠죠.

색상지를 다시 붙이기 전에 보드 위에 대보면서 보라가 말한다.

송이는? 솔직히 난 우리 중에서 송이만큼은 진호한테 다 얘기해 버릴 줄 알았거든.

저도요.

보라가 맞장구를 친다.

난.

가볍게 어깨를 들었다 올린다. 후훗, 웃음을 뿌린다.

언니랑 보라보다 훨씬 단순한데…….

내가 말끝을 흐리자 진이 궁금해 죽겠다는 표정으로 묻는다.

뭐야?

잘릴까 봐요.

잘릴까 봐?

진과 보라가 동시에 되묻는다. 내가 비실비실 웃으며 고개를 주억주억한다.

처음엔 내가 만나는 남자의 또 다른 연인이 어떤 사람일까 궁금하기도 했죠. 그리고 그런 관계의 피해자가 되기 싫어서 무슨 결단이라도 내려야겠다고 마음먹고 언니를 만나러 갔는데…….

그런데?

막상 언니를 만난 후에도, 보라를 알게 된 후에도 쉽게 그 사람과의 연을 끊지 못하겠는 거예요. 그런데 그 사실을 알고 그 사람이 도망칠 것 같더라고요. 그렇게 앞뒤 안 가리고 욱하는 내 성질 알면 전력 질주해 도망갈 것 같았어요. 그걸 감당하기 싫었던 거죠, 뭐.

진이 의자에 앉아, 김밥을 반으로 쪼갠다. 진은 우리 중에서 가장 날씬하면서도 항상 살이 찔까 봐 노심초사한다. 진이 반으로 쪼갠 김밥을 입속에 넣는다. 김밥 속에 들어 있던 단무지가 쏙 빠져 바닥으로 떨어진다.

아이, 단무지가 빠지면 안 되는데.

그건 고추김밥이니까, 고추만 안 빠지면 되죠.

보라가 진을 놀리며 깔깔 웃는다.

14
그리고, 남산 타워

벌써 3월이라는 게 믿기지 않는다. 쌀쌀한 기온 때문에 더 그렇게 느껴지는지도 모르겠다. 아직 외투를 벗지 않은 사람들을 거리에서 볼 수 있다. 진은 택시를 타고 오라고 당부했지만, 그럴 수 없다. 이번 돌잔치에서는 이익을 남기지 않기로 했다. 소문을 타야 하기 때문에 처음 몇 번은 인건비도 빼지 말자고 다 같이 결의했다. 첫 돌잔치 이벤트를 완벽하게 준비하느라 이미 지출이 상당한 편이다.

버스 정류장 앞에 선다. 돌을 맞이한 아기 사진을 다시 한번 본다. 사진보다 실물이 더 예쁜데, 라고 속으로 중얼거리다가 하늘을 본다. 까치 한 마리가 부리에 가지를 물고 날아가는 게 보인다. 어딘가에 둥지를 지을 건가 보다. 까치는 자신에게 주어진 삶의 방식을 거스르지 않고 봄을 맞는다.

　온전하게 사는 방식이란 어떤 것일까. 어떤 측면에서 보면 지금 내가 온전하게 살지 않는 것은 분명하다. 어디서 잘못된 건지 알 수 없으나 이 세상의 테두리에서 한 발짝 어긋나 있다. 하지만 그것이 꼭 무의미한 삶은 아니라고 생각한다.

　비단 나만 그런 건 아니다. 그도, 진도, 보라도 모두 약간은 불온한 궤도에서 살고 있다. 주어진 삶의 방식을 약간씩 거스르고 있다. 하지만 슬프지만은 않다. 다만 조금 다른 방식으로 사랑하며 살고 있을 뿐이니까.

　인터넷 홈페이지가 개설됐다. 홈페이지 이름은 '걸프렌즈'다. 간혹 누군가 왜 걸프렌즈냐고 물어 오면 여자 친구 셋이서 하기 때문이라고 둘러댄다. '걸프렌즈'라는 이름의 진정한 의미는 우리 셋이서만 알고 있는 셈이다. 그녀들과 나는 그 짧은 시간, 그를 공유함으로 인해 또 다른 무수한 비밀을 공유하게 됐다. 비밀을 공유하는 것은 중독성이 정말 강하다.

　진은 포부가 크다. 이번 돌잔치를 성공적으로 마치고 돌잔치에서 찍은 사진들을 홈페이지에 올려 널리 홍보할 계획을 갖고 있다. 남편과는 잘 지내는 편이고 간간이 심사가 뒤틀리거나 속상한 일이 생기면 그를 만나는 것 같다. 가끔씩 진을 보면 그런 생각이 든다. 보라나 내가 변심한다면 몰라도 진은 그와 헤어지지 못할 거라고. 그게 습관이든 집착이든. 그렇다고 진이 그를 사랑하는 것이 가짜라고 말할 순 없을 것이다.

보라는 계획보다 조금 이르게 복학했다. 진이 가불을 해주었기 때문이다. 남의 도움을 좀체 꺼리는 성정이지만 이번엔 보라가 지고 말았다. 일찍 졸업해야 제대로 팍팍 써먹을 거 아냐, 라고 진이 말하자 조금은 미안하게 진의 제안을 받아들였다. 보라도 그를 가끔씩 만나는 것 같다. 그와 보라가 섹스를 했는지는 아직까지도 미지수다. 첫 경험이란 게 다 그렇지만 보라의 경우도 떠도는 풍문처럼 묘연해졌다. 그리고 보라는 요즘 슬슬 치장을 하기 시작했다. 그런 태도를 보아 조만간 새로운 사랑을 만날 것 같은 예감이 든다. 어차피 그냥 나 혼자 하는 생각이다. 그런 상황이 됐을 때 보라가 어떻게 대처할지는 두고 봐야겠다.

현주는 파리에서 빨간 트렁크를 안고 울고 있는 사진을 편지에 첨부해 보내 주었다. 퍼포먼스가 따로 없지. 사진 제목은 '배짱'이었다. 편지에는 이렇게 배짱이 좋아야 이런 비싸고 좋은 트렁크도 공짜로 얻는다는 시시한 얘기였다.

언니는 아슬아슬하더니만 결국 난생처음으로 차였고, 후

유증이 좀 큰 것 같다. 한동안 깜깜무소식이다. 하지만 우리 가족은 언니를 그냥 방치하기로 했다. 그게 우리 집의 관습이니까. 엄마와 아빠는 하남에서 셋방을 얻어 동거를 시작했다. 엄마 말대로 진짜 신혼이 됐는지 코빼기도 안 비친다.

내 주위의 모두가 약간은 어긋난 채 자신의 봄을 맞이하고 있다.

그럼 나는? 지금 하는 일이 흡족하다. 기획부서에서 일하면서 무능한 사원으로 찍혔지만, 그곳에서 배운 것은 많다. 이 일을 하는데 여러모로 도움이 된다. 지나고 보니 모든 일이 그냥 버려지는 건 없다는 생각이 든다.

지금 일은 다 좋은데 보수가 짠 게 좀 불만이다. 진은 일이 확장되면 팀장 급 대우를 해 주겠다고 약속했다. 직책은 이미 팀장이다. 진과 보라, 나, 달랑 셋에서 하는 일이니까 팀장이라고 대단한 건 아니다. 내가 허울만 좋은 직책이 아니냐고 완전 빛 좋은 개살구라고 투덜거리기도 한다. 그러면 진이 엄연한 동업이라고 인심 쓰며 말한다. 동업이라니, 구미가 당기는 제안이었다. 진이 어린애처럼 제 마음대로 행동하는 게 거슬리지만 그런 진을 나나 보라 말고 또 누가 감당할 수 있을까.

그리고 현주의 말은 틀렸다. 현주는 내 발상이 항상 빈궁

하고 허접스럽다고 했다. 본부장이 얘기했던 것처럼, 나는 머리 쓰는 일보다 몸으로 부딪치는 일이 더 맞는다고 생각하기도 했다. 하지만 이 일을 하면서 채택된 아이디어는 대개 내가 떠올린 것들이다. 그래서 답장엔 현주가 얼마나 틀렸는지 상세히 적어 줄 생각이다.

그와 나는 일주일에 두 번 정도 데이트를 하고 있다. 반지는 돌려주었다. 사실 그가 목걸이가 아닌 반지를 주면 너무 기뻐서 고꾸라질 줄 알았다. 승리의 쾌재라도 부를 줄 알았다. 그런데 막상 반지를 받았을 때, 나는 주저하고 말았다. 그가 말했다. 승진을 하면 결혼하는 게 더 수월할 줄 알았는데, 이렇게 됐네. 그래서 나는 이렇게 대답해 주었다. 한 번에 두 가지씩 좋은 일이 생기는 건 곤란하다고.

나에게 이 '걸프렌즈'가 그의 여자들이 아니라, 남자에 대한 비슷한 취향을 공유한 나의 여자 친구들로 다가온 것은 왜일까? 이제 그녀들과는 한 남자를 공유한 지하 단체의 비밀결사에서 동업자 관계가 되어 버렸다. 지금 그녀들과의 투명한 관계가, 나를 평온한 세계로 끌어 주고 있다.

그와 헤어지고 싶은 생각은 없다. 새벽을 거치면 소란스럽게 북적대는 아침이 오듯 우리들에게도 가혹한 현실은 들이닥칠 것이다. 그건 그때 가서 생각하련다. 그냥 지금이 나쁘지 않을 뿐이다. 내가 한 칸씩 버리고 온 감정은 또 다른 빛깔의 감정을 채워 준다. 새록새록 느껴지는 이 새로운 감정들이 나를 또 다른 사람으로 만들고, 나를 살게 해 준다. 그래, 아직 서른이니까.

    돌잔치 장소에 들어선다. 진과 보라는 풍선 장식을 하느라 내가 들어온 것도 보지 못했다. 나는 깜짝 놀란다. 보라가 문화 센터에서 풍선 데커레이션 수업을 받고 있다고 듣긴 했지만, 실력이 이 정도일 줄은 몰랐다. 하늘색 풍선과 하얀색 풍선을 잘 섞어 앙증맞으면서 고급스러운 느낌이다. 정말 미니어처 하늘나라에 놀러 온 기분이다. 뭉게구름이 아기자기하게 걸린 동화 속 하늘나라.
    나는 들고 있던 아기 사진을 입구 앞, 이젤 위에 올린다. 그리고 입구 선반에 손님용 선물을 가지런히 올려 둔다.
    버스 타고 왔지?
    진이 건너짚으며 의자에 리본을 끼운다.
    어떻게 알았어요?
    왜 몰라, 한두 번 겪어?
    이제 우리는 서로에 대해 많은 것을 터득하고 있다.
    풍선 너무 예쁘게 됐어.
    내가 보라에게 칭찬을 한다. 보라의 표정이 상기된다.
    주문한 돌상은 도착했어요?

내가 진에게 묻는다. 며칠 전부터 돌상 때문에 애를 먹었다. 흡족한 것은 타산이 안 맞고, 또 타산이 맞는 건 형편없이 미흡했다. 전국의 돌상 전문점을 샅샅이 알아보러 다녔을 정도다.

완벽해!

내가 기대했던 만큼 단출하면서 깔끔하게 나온 돌상 차림을 보고 감탄한다.

아기 엄마와 아빠는, 아기 뒤에 다정하게 서 있다. 아기 엄마는 청진기를 아기 앞으로 은근히 밀어 놓고 아빠는 돈다발을 밀어 놓는다. 결국 아기가 잡은 건 실뭉당이다. 엄마, 아빠는 둘 다 조금 실망한 기색이다. 그런 게 뭐 중요할까. 아기가 건강하게 자랐으면 좋겠다.

아, 너무 귀여워.

보라가 돌잡이를 마친 아기를 보며 말한다. 보라의 눈망울이 촉촉하다.

언니, 언니는 애 안 가져요?

내가 진에게 묻는다. 진은 벽에 기대서서 싱긋 웃는다.

난, 불임이야.

괜한 걸 물었다. 내 입이 방정이다. 너무 미안해서 얼굴을 붉힌다.

그, 그럼, 남편은…….

보라가 진에게 넌지시 묻는다.

알고 있어. 이해해 줘서 결혼한 거야.

진이 아기를 애틋하게 바라보다가 보라와 나를 번갈아 바라본다. 진의 눈빛이 급격하게 초롱초롱해진다.

우리도, 아기 낳아서 키울까?

아무도 우리의 앞날을 알 수는 없다. 지금까지 지나온 시간으로 미루어 보아 진의 말이 허무맹랑한 말만은 아닐 것이다. 우리들 중 누군가 아기를 낳거나 입양한다면, 우리 넷의 아기일까. 엉뚱한 희망. 어디까지나 상상일 뿐이다.

뒷정리를 하고 건물 밖으로 나오니 사위는 어둑어둑하고 공기는 차갑다. 우리는 진의 차 트렁크에 재활용해서 쓸 도구들을 실어 나른다. 그리고 진의 차에 올라탄다. 차에 타자마자 누가 먼저랄 것도 없이 긴 숨을 시원스레 내뱉는다.

그동안 정말 수고들 많았어.

진이 시동을 켜며 말한다.

차창 앞으로, 가까이 남산 타워가 보인다. 우리가 있는 곳과 그리 멀지 않은 곳에 남산 타워가 있다.

언니! 우리 첫 이벤트 무사히 마친 기념으로 남산 타워에 가요!

응?

진이 영문을 모른 채 눈을 동그랗게 뜬다.

우리는 남산 둘레를 빙빙 헤매다가 국립극장 옆에 차를 세운다.

남산 타워로 올라가는 길을 한 걸음 한 걸음 내딛어도, 남산 타워가 가까워질 듯하면서도 아직은 멀다. 보라는 운동화를 신고 있지만 외투를 입지 않은 탓에 몸을 오들오들 떤다. 진은 하이힐을 신고 경사진 길을 오르며 헉헉거린다. 아침부터 여기저기 돌아다녀서 나 또한 종아리가 당긴다. 아직 반도 못 올라갔는데 모두 지쳐 있다.

우리, 남산 타워에 꼭 가야만 하는 거야?

가장 먼저 지쳐 있던 진이 죽상을 하고 퉁퉁거린다.

언니, 그런데 우리 남산 타워에는 왜 가는 거예요?

그게, 그냥······.

나 자신에게 물어봐도 잘 설명하기 어렵다. 지금 진과 보라와 함께 남산 타워 가는 길에 서 있는 이유를.

아, 저기 봐요. 야경이 너무 멋져요!

보라가 소리친다. 난간 너머 나뭇가지가 겹쳐지며 만들어진 그물 사이사이 야경이 보인다.

어깨동무를 한 연인 한 쌍이 뒤쫓아 온다. 날씨가 추운데도 둘은 꼭 안고 걸어서인지 추위를 느끼지 못하는 것 같다.

연인의 얼굴에는 따스한 미소가 어려 있다.
 우리 뒤에 따라오던 연인도 조금 지쳤는지 걸음이 더디다. 남자에게 폭 안겨 있는 여자를 보며 보라와 내가 부러운 시선을 던진다. 진이 보라와 나의 어깨를 장난치듯 감싼다. 그러고는 발을 구른다. 나는 눈살을 찌푸리며 여전히 그 연인에게서 눈길을 떼지 못한다. 남자가 입은 재킷 위에 독수리 날개가 새겨졌다. 그가 입었던 초록색 니트가 떠오른다. 가슴에 자줏빛 독수리 날개가 새겨진 니트.
 누가 사 준 걸까? 보라는 형편이 넉넉하지 않으니까 언니가 사 준 거겠지?
 내가 혼잣말을 하며 진을 본다.
 언니가 그이한테 아르마니 니트 선물했죠?
 진은 브랜드에 민감하고 지갑도 두둑하니 그 정도는 무리 없이 살 만하다.
 무슨 소리야?
 진이 내 귓불을 잡고 가벼이 흔들며 묻는다.
 왜 자주색 독수리 새겨진 초록색 니트 있잖아요.
 내가 가슴에 작은 독수리 날개를 그려 보이며 말한다.
 엠포리오 아르마니 거요. 그거 언니가 사 준 거 맞죠?
 나? 난 아르마니 별로던데. 내가 좋아하는 브랜드가 아니야.

아니야. 잘 생각해 봐요.

내가 조금 더 생각해 보라는 눈빛으로 진의 어깨에 손을 올린다.

절대 아니거든요!

진이 단호하게 대답하곤 이빨을 환히 드러내며 웃는다.

그럼 보라야?

네? 무슨 뜬금없는 소리예요. 내가 그런 걸 샀을 리 없다는 거 언니도 잘 알면서.

어머? 그럼 또?

진이 어깨를 바짝 들어 올려 손뼉을 치며 두 눈을 최대한 크게 뜬다.

설마…….

내가 고개를 갸우뚱하며 까만 밤하늘을 쳐다본다. 도대체 그의 가슴에 날아든 독수리는 어디서 온 것일까?

그와 처음 키스했던 날이 밤하늘에 두둥실 떠오른다. 그는 내게 남자 친구가 생기면 가 보고 싶은 곳을 물었다. 남산 타워요. 마음에도 없는 즉흥적인 거짓말이었다. 그리고 그게 곧 우리의 약속이 되었다. 누구나 사랑하는 사람이 생기면 한 번쯤 가 본다는 장소. 가깝고 평범한 곳이라 어쩌면 쉽게 도달할 수 있을 줄 알았다. 하지만 여태껏 그와 이 길을 걸어 보지 못했다. 대신에 약속한 적 없지만 진과 보라가, 나와 함께 이 길을 오르고 있다.

가까워질수록 남산 타워의 덩치가 커진다. 멀리서 보았을 때와 사뭇 다른, 거대한 남산 타워를 올려다본다. 남산 타워의 날카로운 불빛이 능청스럽게 빛깔을 바꾸고 있다.

새로 돋아나는 빛깔이 두렵지 않다. 나는 오늘, 여기에 서 있으니까.

작가의 말

소설은 내게 운동화였다.

나를 그 속으로 밀어 넣으면 어느새 몸과 마음이 편해졌다. 날 이 세상 어디로든 데려가고, 한바탕 달리고픈 욕망을 깨워 주는 운동화. 하얀 눈이 내리기 시작할 즈음 나는 신발장 깊숙이 넣어 두었던 운동화를 꺼냈다. 이제, 다시 신어야 하는 이유가 생긴 것이다. 오랜만에 만난 나의 운동화는? 때가 껴서 꼬질꼬질했다. 하지만 나는 창피하지 않았다. 한결같이 응원해 주는 가족과 친구들이 있어서였다. 내게 운동화를 신겨 주신 안양예고 문예창작과 선생님들, 운동화의 끈을 쫀쫀하게 묶어 주신 서울예대 문예창작과 교수님들, 그리고 아직 달려 보지 못한 운동화를 뽑아 주신 심사위원 분들과 민음사 가족 분들께 진심으로 감사드린다.

나는 지독히 아름다운 시간을 만났다. 끝을 알 수 없었고 다칠 것을 알았기에 망설여지기도 했다. 윙크하며 나를 붙잡아 준 지난겨울의 시간. 그래서 나는 『걸프렌즈』를 쓰는 동안 단 한 번도 춥지 않았다. 여기, 내 발에 꼭 맞는 운동화가 있다. 그 시간에 감사하는 마음으로 나는 운동화를 신고 출발하겠다. 그건 내 시간과의 약속이었다.

이 홍

O형 쌍둥이자리인 그녀는 서울에서 태어나 성장했다.
친구들을 대신해 써 주었던 연애편지는 그녀가 문학을 하게 된 발단이었다.
글을 쓰고 싶은 열정에 안양예고 문예창작과에 들어갔고 서울예대 문예창작과를 다녔다.

걸프렌즈
Girl Friends

1판 1쇄 펴냄 · 2007년 6월 1일
1판 6쇄 펴냄 · 2007년 8월 6일

지은이 · 이 홍
편집인 · 장은수
발행인 · 박근섭
펴낸곳 · (주) 민음사
출판등록 · 1966. 5. 19. 제16-490호
서울시 강남구 신사동 506번지 강남출판문화센터 5층(135-887)
대표전화 515-2000 · 팩시밀리 515-2007
www.minumsa.com

값 10,000원

ⓒ 이 홍, 2007. Printed in Seoul, Korea

ISBN 978-89-374-8125-3 (03810)